Extrait de notre catalogue

L'Amour en liberté	$ 8.95
Le Sexe Total	6.95
L'Amour réussi	9.95
Le comportement sexuel de la femme	1.95
Le couple et l'amour	5.95
Pour un érotisme conjugal	4.95
Encore plus	1.95
Nouveau grimoire de l'amour	2.50
L'Important c'est la Femme	8.95
Expériences de femmes sexuellement libérées	6.95

Chez Sélect, la femme c'est important!

La Belle
que voilà...

OUVRAGES DE LOUIS HÉMON :

Maria Chapdelaine, roman
La Belle que voilà...
Colin Maillard, roman
Monsieur Ripois et la Némésis, roman
Battling Malone, roman

La Belle que voilà...

Par

Louis Hémon

PRESSES SÉLECT LTÉE,
1555 Ouest rue de Louvain,
Montréal, P.Q. H4N 1G6

Dépôt légal:
Bibliothèque Nationale du Québec
Bibliothèque Nationale du Canada
Deuxième trimestre 1980

© **1980 Presses Sélect Ltée, Montréal, Qué.**

ISBN: 2-89132-249-5
G   1154

TABLE

LIZZIE BLAKESTON

Faith Street donne dans Cambridge Road, et Cambridge Road aboutit à Mile End Road. Au numéro 12 de Faith Street habitait la famille Blakeston. Le père et la mère étaient venus du Lancashire peu après leur mariage, et la nouvelle génération des Blakeston n'avait jamais connu comme horizon que les rangées de maisons sales et de boutiques douteuses qui s'étendent entre Mile End et Bethnal Green. À l'est, c'était Bromley et Bow ; à l'ouest, Whitechapel, puis la Cité, et plus loin encore, entouré d'un nuage d'irréelle splendeur, le West End, où une aristocratie légendaire vivait parmi les ors et les pourpres, dans la mollesse et les plaisirs.

Les jeunes Blakeston n'avaient sur l'existence de cette aristocratie lointaine que des données assez vagues, et ne s'en souciaient guère. Tout l'intérêt de la vie se concentrait pour eux dans la question sans cesse renaissante des comestibles, question dont les ressources cruellement irrégulières de la famille faisaient trop souvent un insoluble rébus. Quand les fonds étaient bas, et le crédit épuisé, les repas se composaient uniformément de thé faible et de pain vaguement frotté de margarine ; encore les tranches étaient-elles parfois d'une minceur criminelle.

Ces contretemps affligeaient surtout Bunny, gros garçon mélancolique, dont les huit ans étaient hantés par des rêves d'abondante nourriture. Aux époques de famine, il promenait sa tristesse devant la boutique où l'on vend du poisson frit et des pommes de terre, ou devant celle encore où s'étalent, à côté des quartiers de viande, de massifs puddings au suif parsemés de raisins rares ; et l'odeur délicieuse de la graisse chaude augmentait son désespoir. Aux jours d'abondance, il mangeait avec une résolution sauvage, et même repu, il était sans gaieté, prévoyant les jeûnes à venir.

Sa sœur Lizzie était, comme il convient à son sexe, moins exclusivement préoccupée de ce genre de choses. Elle n'hésitait nullement, à l'occasion, à repousser par la violence les incursions tentées par son jeune frère sur sa part de victuailles ; mais quand les victuailles manquaient, elle affectait volontiers, et sans grand effort, une légèreté de cœur qui remplissait Bunny d'admiration. Il ne pouvait comprendre que sa sœur avait pour la soutenir au milieu des privations et des déboires, son art, qui lui était un idéal en une consolation : Lizzie était danseuse.

Dans n'importe quel quartier populeux de Londres on peut voir, autour des Italiens et de leurs pianos mécaniques, de petites filles évoluer par paires, convaincues et solennelles, levant légèrement sur l'asphalte grasse des souliers éculés. Elles méprisent la polka enfantine et la valse langoureuse : leur danse est un curieux mélange de gigue, de pavane et de cake-walk ; mais la cadence est impeccable, la souplesse du genou et de la cheville révèle de longues années d'entraînement, et elles apportent à l'accomplissement du rite une gravité qui impose le respect.

Lizzie Blakeston était, à l'âge de douze ans, la meilleure danseuse de Faith Street, de Cambridge Road et peut-être de tout Mile End, simplement. Qu'une orgue se fît entendre dans un rayon d'un quart de mille autour de sa demeure, et elle arrivait en courant, assujettissant d'une main sur sa tête un canotier délabré. Elle réparait rapidement le désordre de sa toilette, tirait un bas, relevait une manche, repoussait dans ·le rang un faisceau de mèches rebelles, puis elle dansait et les ballerines locales rentraient dans l'ombre.

Pas un piano mécanique de Londres ne jouait un air sur lequel elle ne pût broder quelques pas ingénieux : *Geneviève, Blue Belle, le Miserere du Trouvère* ou la *Marseillaise*, tout servait indifféremment à son jeune génie. La grâce mièvre du menuet et l'excentrique audace du cake-walk se fondaient dans les évolutions de ses jambes minces revêtues de bas troués. L'harmonie exorbitante qui s'échappait à flots du piano mécanique s'emparait d'elle comme une main impérieuse, faisait monter vers le ciel en geste d'offrande ses minces souliers jaunes, rythmait le mouvement de ses bras balancés, la courbait et la relevait, enveloppait ses moindres gestes dans une irrésistible cadence, et saisie d'une glorieuse ivresse, Lizzie sautait, pirouettait et se trémoussait dans l'étau de la mesure, offrant au monde obscurci un sourire vague et des yeux hallucinés.

Puis c'était le silence. L'Italien reprenait sa place entre les brancards et s'éloignait ; il ne restait plus que quelques passants attardés, des gamins grouailleurs, Bunny, assis sur le trottoir, sortant périodiquement de poches invisibles des victuailles inattendues et Mile End Road par un soir d'hiver, la chaussée gluante et les lumières clignotant dans le brouillard.

Les années passèrent ; mais les années ne comptent guère dans Faith Street. Au dehors peut se déchaîner le tumulte des catastrophes ou des guerres, les souverains ou les ministres peuvent lancer des proclamations, les banques crouler, les industriels faire fortune et les actrices épouser des pairs ; toutes ces choses ne pénètrent pas le cœur de Faith Street. Loin dans l'ouest se déroulent les pompes des couronnements et des funérailles, les candidats aux élections prochaines implorent au long d'affiches fulgurantes les votes du peuple souverain, les vendeurs de journaux passent en courant dans Cambridge Road, hurlant des nou- velles défaites, mais Faith Street n'en a cure ; et quand la nuit tombe elle sort des maisons, et d'une porte à l'autre commente d'une voix lamentable les thèmes éternels : la rareté du travail, la cherté du lard et l'iniquité des époux.

Ce n'est pas que les époux soient en réalité plus coupables là qu'ailleurs ; seulement ils sont généralement sans travail, — c'est une circonstance curieuse que tous les hommes sont sans travail dans Faith Street, — et comme il n'y a rien chez eux qui les porte à la joie, ils s'en vont poursuivre leur idéal de la seule manière qui leur soit possible, deux pence le verre, au-dessus d'un comptoir de bois. Quand l'argent manque, ils s'adossent au mur du « pub » et contemplent le trafic en fumant des pipes résignées ; ou bien ils s'en vont chercher du travail, n'en trouvant jamais, et reviennent vers le soir, altérés, naturellement, et pleins d'une tristesse légitime ; ils sont reçus avec des reproches et des injures, donnent libre cours à leur indignation, et Faith Street s'emplit de clameurs aiguës et du bruit de chaises renversées.

Les enfants sont dehors : ils ramassent dans les voies adjacentes des débris de bois et de papier, font un feu au beau milieu de Faith Street, et jouent à essayer de s'y pousser l'un l'autre. A des intervalles irréguliers, ils rentrent dans les maisons pour voir s'il y a quelque chose à manger, mais sans grand espoir.

Lizzie Blakeston grandit parmi toutes ces choses. À treize ans, elle était chargée de tous les travaux du ménage, pendant que sa mère nettoyait des magasins dans Bethnal Green. L'entretien sommaire des quatre pièces de la maison, la confection occasionnelle des repas, la séduction quotidienne de l'épicier et du boulanger qui refusaient de continuer leur crédit, prirent désormais le plus clair de son temps, et il ne lui resta plus guère de loisirs à consacrer à son art. D'ailleurs Lizzie prenait au sérieux ses devoirs et en tirait une dignité de manières qui provoquait parmi ses connaissances de Cambridge Road d'amères railleries. Quand elle regagnait sa demeure, Bunny trottant sur ses talons, portant une miche ou le pot de bière paternel, elle n'accordait qu'une attention distraite aux jeunes personnes qui évoluaient autour d'un piano mécanique, exhibant devant des spectateurs plutôt narquois toute la gamme de leurs pas et de leurs attitudes. Invariablement, une des danseuses s'arrêtait et disait d'un ton mi-aimable et mi-moqueur : « Hallo ! Lizzie ! » Lizzie renfonçait un vestige de regret, répondait gracieusement « Hallo ! » et passait avec un sourire. Ce sourire disait aussi clairement qu'auraient pu le faire des mots : « Amusez-vous, mes filles, mais la vie n'est pas un jeu, comme vous vous en apercevrez tôt ou tard. D'ailleurs si Mr. Blakeston père ne trouve pas à manger quand il rentrera, ça fera des histoires ! »

La vie avait pourtant ses bons moments. Le samedi soir Lizzie revêtait une robe de velours groseille, trop vieille pour pouvoir être engagée ou vendue, mais qui produisait encore une certaine impression de splendeur. Ses cheveux roulés en papillotes toute la semaine, étaient enfin déroulés et formaient une frange gracieusement ondulée qui cachait son front, sans compter deux rouleaux disciplinés au-dessus de chaque oreille. Les débris de son canotier étaient rassemblés sur sa tête et maintenus au moyen d'une longue épingle dont la tête de verre scintillait aux lumières des boutiques comme un authentique diamant. S'il se trouvait que ses bottines étaient trouées ou avaient égaré leurs semelles, elle se contentait de les ignorer. Bunny, dédaigneux de ces frivolités, ne songeait même pas à modifier sa toilette ; mais il la suivait aveuglément, et tous deux s'en allaient vers Mile End Road, dont les larges trottoirs, la veille du sabbat, se bordaient de merveilles.

Les boutiques n'avaient rien de changé. C'étaient toujours les mêmes étalages qui, du lundi au vendredi, avaient présenté dans le même ordre immuable les mêmes marchandises, mais le samedi soir leur prêtait une majesté spéciale. Cinq jours sur sept, ce n'étaient après tout que des magasins où les gens qui avaient de l'argent pouvaient entrer et acquérir contre espèces des choses assurément enviables ; le samedi soir, leur caractère vulgaire de boutiques disparaissait et chaque vitrine devenait une des attrations d'une grande foire merveilleuse.

Certaines de ces vitrines excitaient pourtant chez Lizzie et Bunny une convoitise directe et qui n'allait pas sans amertume. Il était un restaurant dans Whitechapel Road dont la vue les retenait long-temps captifs, suçant lentement leur salive et sou-pirant par intervalles. Derrière la vitre s'étalait une rangée de plats de fer-blanc carrés qu'un foyer invisible chauffait doucement par-dessous. Dans un des plats, des saucisses rissolaient dans la graisse ; dans un autre c'étaient des portions de viande de forme variée ; d'autres encore contenaient des pommes de terre en purée ou des oignons frits. Sur une plaque de tôle, des puddings bouillis ou cuits au four, montrant leurs raisins, fumaient lentement.

Derrière les plats se mouvait un homme d'aspect auguste, revêtu d'un tablier, en bras de chemise et les manches relevées jusqu'aux coudes. Il piquait les viandes d'une fourchette attentive, élevait ou démolissait au gré de son caprice les montagnes d'oignons, empoignait les puddings à pleines mains pour les mieux partager. Des pancartes pendues au mur vantaient la modicité des prix : saucisse et purée, deux pence et demi ; légumes ou pâtisserie, un penny la portion ; thé, café ou cacao, un penny la tasse.

Après une longue contemplation, Lizzie disait invariablement d'un ton détaché : « Bah ! vous n'avez pas réellement faim, Bunny ! » Bunny répondait : « Non » sans conviction, et finissait par se persuader lui-même. N'ayant pas réellement faim, il pouvait dont contempler d'un œil égal les petites voitures où des marchands ambulants débitaient des coquillages empilés dans une soucoupe et arrosés de vinaigre, ou des morceaux d'anguille flottant dans une gelée molle ; et aussi les tas de bananes et de pommes, les gâteaux recouverts de sucre et les débris de chocolat suisse vendus au rabais.

D'ailleurs il y avait bien d'autres choses à voir dans Mile End Road. Devant les portes du « Pavillon » des affiches illustraient les phases les plus tragiques du drame en cours. L'une d'elles montrait le bandit mondain, revêtu d'un habit de chasse écarlate, serrant sur sa poitrine, avec un rictus hideux, l'héroïne dont le visage se convulsait d'indignation. Une autre représentait le « ring » et deux pugilistes aux torses nus ; l'un d'eux, qui venait de jeter son adversaire à terre, étendait le bras vers un homme dans la foule et prononçait d'une voix terrible : « Voilà l'homme qui a volé mon épouse ! » La terreur abjecte du misérable et le juste courroux du boxeur étaient reproduits en tons vifs et d'une façon saisissante.

Enfin il y avait la foule : le flot incessant d'humanité qui oscillait entre Whitechapel et Stepney, passant, regardant, marchandant, passant sans relâche. Il semblait que toute la lumière fût concentrée sur le trottoir et que le reste ne fût qu'un grand noir profond. Des gens sortaient de l'obscurité : sous la clarté des vitrines ou les flammes fumeuses des lampes de forains, leurs figures s'illuminaient, devenaient un instant proches et vivantes, et disparaissaient de nouveau. La plupart n'offraient pour Lizzie aucun intérêt : c'étaient des gens comme on en voit tous les jours, même dans Faith Street : des ouvriers qui passaient avec leurs femmes, une pipe en terre à la bouche et un enfant dans les bras, des amoureux, des mères de famille achetant leurs provisions du dimanche, la jeunesse dorée de Mile End, flânant indolemment sous la voûte de la brasserie où l'on débite de la bière par deux fenêtres. Lizzie n'y faisait pas attention. Mais quand passait un groupe de jeunes Juives, portant avec aisance leurs toilettes cossues, elle les suivait d'un regard hostile et pourtant chargé d'admiration.

Mr. Blakeston père, dans ses moments d'éloquence, se plaisait à tonner contre ces étrangers, importés évidemment de pays à demi-sauvages, qui venaient s'établir par myriades dans l'East End et arracher leurs moyens d'existence aux honnêtes travailleurs. Il ne se lassait jamais de les flétrir conjointement, eux et le gouvernement qui les tolérait. Le mépris héréditaire de l'ouvrier anglais contre les « forriners [1] » se mêlait chez lui à l'âpre rancune des dépossédés envers les concurrents plus économes ou plus habiles. Lizzie l'avait entendu maintes fois traiter ce thème, et elle embrassait tous les émigrés de Whitechapel et d'alentours dans le même écrasant dédain, qui se mélangeait de crainte presque superstitieuse.

Envers les hommes le dédain prédominait ; leur nez charnu, leurs yeux encore inquiets, leur lippe parfois arrogante et parfois servile les marquaient, aux yeux de Lizzie, du sceau indiscutable des races inférieures, mal connues, latines, turques ou nègres, qui s'agitent dans les contrées vagues du Sud, sur lesquellles ne règne pas encore la paix britannique. Mais quand des jeunes filles de la deuxième génération passaient ensemble, roulant des hanches dans leurs robes opulentes, copieusement poudrées, un soupçon de rouge aux lèvres, les yeux profonds, grasses et fortes, l'air insolent, le cœur de Lizzie débordait d'amertume et d'envie. C'était l'injustice écrasante du sort, le crève-cœur du bonheur immérité d'autrui, le fardeau d'extravagants désirs et la certitude de leur futilité, car Lizzie ne croyait guère aux miracles. Et elle s'en allait.

Faith Street s'ouvrait dans la nuit comme un couloir obscur ; il y avait une attente prudente, au bas de l'escalier, l'oreille tendue, afin d'apprendre si

1. Pour *foreigners* : étrangers.

Mr. Blakeston père n'avait pas, ce soir-là, l'humeur mauvaise. Et si rien n'indiquait un danger immédiat, on allait se coucher sans bruit.

Un jour vint où la robe de velours groseille se révéla vraiment par trop insuffisante : Lizzie avait grandi, et comme fort naturellement, elle continua à grandir, laissant derrière elle les ornements éclatants qui avaient été le seul orgueil de son enfance, elle entra dans la maturité de ses quinze ans.

Les quinze ans de Lizzie n'eurent rien d'impertinent ni de frivole. À cet âge, les jeunes beautés de Mile End Road se préparent à l'amour, en échangeant avec les représentants du sexe ennemi, au hasard des rencontres, des grimaces, des bourrades ou des propos facétieux hurlés d'un trottoir à l'autre, et quand, cédant à l'inéluctable, elles entrent, vaincues et dociles, au « pays du tendre », les premières haltes sont faites devant la petite voiture du marchand de glaces, dans la boutique où l'on vend des oranges ou la galerie à six pence du « Pavillon ».

Au milieu de ces tentations affolantes, Lizzie passa comme une héroïne de sonnet, doucement indifférente, supputant le prix du lard et la quantité de pain nécessaire à la famille. À vrai dire, elle ne mettait aucun amour-propre à remplir en conscience ses fonctions de ménagère, elle avait seulement très peur des brutalités et des scènes, et s'efforçait d'y échapper ; une fois l'indispensable fait, elle contemplait avec une sérénité parfaite le désordre et le délabrement du logis. Elle l'avait toujours connu ainsi, et n'éprouvait aucun désir de réforme. Elle préférait s'asseoir près de la fenêtre et laisser couler les minutes et les heures sans penser à rien, avec le sentiment obscur que chaque moment représentait quelque chose de gagné, un peu de vie passé sans ennuis graves, une étape de plus accomplie sans effort vers cette chose qu'elle attendait et qui ne pouvait manquer de venir.

Ce n'était pas le Prince Bleu qu'elle attendait. Si l'événement qui était en route s'était révélé comme l'apparition d'un jeune cavalier d'une beauté merveilleuse, Lizzie eût été cruellement désappointée. Ce serait quelque chose de bien mieux : quelque chose qui changerait tout, qui changerait à la fois Lizzie elle-même, la couleur du ciel, Faith Street, le monde entier et l'humanité qui l'habitait. Cela tirerait au-dessous d'un certain moment de la vie un gros trait définitif, et il y aurait une grande voix exultante qui annoncerait : « Maintenant nous allons tout recommencer ! » Et le recommencement serait quelque chose de si merveilleux qu'elle n'essayait même pas de l'imaginer.

Quand elle se sentait fatiguée d'être assise, Lizzie se levait et s'étirait doucement. Elle n'avait ni retour morose à la vie, ni réveil amer, car elle n'avait pas rêvé : elle n'avait fait qu'attendre. Et comme rien n'était venu cette fois encore et qu'il se faisait tard, elle allumait un fourneau à pétrole pour préparer le repas du soir.

C'était une vie monotone ; mais elle ne songeait pas à s'en plaindre ; et quand un changement survint, ce fut sous une forme qui ne lui apporta que de l'ennui. Mr. Blakeston père, à qui l'expérience de toute sa vie avait sans doute enseigné les dangers de l'oisiveté, s'avisa que les soins du ménage ne constituaient vraiment pas une occupation assez sérieuse pour absorber tout le temps de sa fille ; et après quelques aphorismes sur la sainteté du travail, il se mit en quête. Ses efforts furent couronnés d'un succès inespéré ; car après quelques semaines de recherches poursuivies avec une belle activité, il put annoncer à Lizzie qu'il avait obtenu pour elle un emploi dans une corderie de Commercial Road, aux gages de huit shillings par semaine.

Lizzie ne montra aucune joie : elle se contenta d'obéir. Il lui fallut désormais se lever très tôt, ce qu'elle n'aimait pas, et sortir encore mal éveillée dans le froid du matin blafard. Il lui fallut travailler onze heures par jour, dans un atelier obscurci de poussières flottantes, entre des cloisons qui vibraient perpétuellement sous le ronflement des machines qui tournaient au-dessous, et Lizzie n'aimait pas le travail. Elle se résigna pourtant, d'abord parce qu'elle était riche de toutes les vertus passives, et puis parce qu'elle ne pouvait rien faire d'autre.

Ses compagnes de l'usine la regardèrent d'abord avec méfiance. Lizzie ne faisait que de faibles tentatives pour rehausser d'artifices de toilette ses charmes naturels. Elle préférait à tous autres les amusements simples et qui ne demandent que peu d'effort, les plaisirs placides de petite fille paresseuse ; enfin aux propos facétieux ou galants des jeunes hommes, elle ne trouvait d'autre réponse qu'un sourire pâle ou une phrase de politesse dérisoire. Elle n'éprouvait aucune confusion, et ils étaient tous très gentils... Mais tout cela ne tirait pas à conséquence. Les lionnes de la corderie la jugèrent en peu de temps et sans appel : elle ne serait jamais qu'une petite dinde. D'autres prirent pour de la hauteur son détachement candide et parlèrent avec une moue dédaigneuse de cette petite qui faisait des manières.

Mais rancune et dédain vinrent s'émousser peu à peu sur l'inaltérable simplicité de Lizzie. On se fatigue de prodiguer des moues arrogantes à quelqu'un qui ne semble pas s'en offenser ; et Lizzie ne s'offensait de rien. Son souci principal était de n'être pas en retard le matin et d'éviter les histoires, et elle était toujours prête à rendre service, non pas tant par désir d'obliger que parce que sa propre peine la laissait presque indifférente. Quand les hostilités du début disparurent et qu'on prit l'habitude de lui donner des tapes amicales sur l'épaule en disant d'un ton mi-attendri et mi-moqueur : « Bah ! elle n'est pas méchante, Lizzie ! », ces témoignages d'amitié ne l'atteignirent guère plus profondément que ne l'avaient fait les offenses. Elle les reçut avec le même sourire faible, qui semblait une façade de charme inoffensif et doux devant des espaces vagues, des limbes obscurs qu'elle-même ne connaissait pas.

Le samedi où elle toucha pour la première fois son salaire de la semaine, la journée de travail avait été courte ; et quand elle sortit de l'usine, c'était encore le grand jour de l'après-midi, un jour clair qui donnait à Commercial Road un air de fête. Tous ces gens qui passaient sur le trottoir avaient comme elle fini leur travail et rentraient chez eux. Les voitures et les camions passaient très vite, bruyamment, dans la dernière course, et toutes les figures avaient déjà pris leur air de vacances. Lizzie s'en alla par les rues, contente de sentir le bon soleil sur sa nuque, et songeant aux huit shillings qu'elle tenait dans sa main fermée. Les poches n'étaient pas assez sûres : il s'y trouverait probablement quelque trou insoupçonné, et l'idée de sa semaine de travail semée au hasard des ruisseaux la secouait d'un frisson d'horreur. Il était à la fois plus prudent et plus agréable de tenir l'argent dans le poing bien serré.

Ce ne fut qu'après un peu de temps qu'elle s'avisa que cet argent étant bien à elle, elle pouvait se demander comment elle allait le dépenser, et il lui vint presque tout de suite l'idée que ses parents s'attendraient certainement à en recevoir une partie. Elle n'était pas très sûre que ce fût juste, et elle savait fort bien que cela lui serait désagréable ; mais elle savait aussi qu'il serait inutile de résister.

Elle s'arrêta un instant, et ouvrant la main elle contempla son trésor ; il y avait deux demi-couronnes et trois shillings séparés. Alors, une vague d'héroïsme l'envahit toute, et elle décida soudain qu'elle ne garderait pour elle que les trois shillings. Elle sacrifiait ainsi toute idée d'achats magnifiques, car on ne peut avoir grand-chose pour trois shillings, mais il y aurait de quoi acheter des portions de poisson frit et de pommes de terre pour Bunny et elle, puis deux glaces, deux places au théâtre, et peut-être resterait-il encore de quoi acquérir un collier de perles, le lendemain matin, dans Middlesex Street.

Quand elle arriva chez elle, elle trouva Mr. Blakeston père qui semblait attendre. Il fit observer que c'était vraiment agréable d'être ainsi libre la moitié de la journée ; puis il demanda avec simplicité :

— Où est l'argent ?

Lizzie lui remit les deux demi-couronnes ; il les regarda un instant en haussant les sourcils, les fit passer dans sa paume gauche, et tendit de nouveau la main.

Si Lizzie avait parlé, elle aurait probablement formulé un vain appel à la justice, une protestation indignée, peut-être aussi des propos qui eussent appelé un châtiment ; mais elle ne dit rien. Elle ouvrit la main gauche, sa pauvre main moite où les trois pièces d'argent avaient laissé leur empreinte sur les doigts crispés, et quand sa main fut vide, elle comprit définitivement que ce monde n'était qu'une erreur, le produit d'un gigantesque malentendu dont il lui fallait souffrir. Blakeston père fit sauter l'argent dans sa main, donna deux shillings à sa femme pour acheter des provisions, puis, laissant tomber le reste dans sa poche, sortit en sifflotant.

Lizzie, restée seule avec Bunny dans la pièce, s'assit sur une chaise et regarda par la fenêtre. Un grand morceau de carton, appuyé contre un côté de la vitre, servait à la fois de volet et de rideau ; sur l'autre moitié il y avait un chiffon de toile bleue, fixé avec deux épingles et relevé en partie. Le soleil avait déjà disparu de Faith Street ; il devait luire encore quelque part, de l'autre côté des maisons, mais sa lumière avait abandonné les deux rangées rapprochées de façades moisies, et déjà régnait un demi-jour morne qui annonçait avant l'heure l'approche du soir.

Après un silence, Lizzie dit d'une voix tremblante :

— S'ils m'avaient laissé l'argent, je vous aurais payé un grand dîner, Bunny, et le théâtre.

Bunny répondit faiblement :

— Ça ne fait rien.

Et Lizzie se mit à pleurer.

Elle pleurait doucement, presque sans bruit, comme un enfant fatigué. L'ombre arriva lentement cacher les murs sales et emplir la chambre ; de la pièce voisine vint d'abord un bruit de pas et de portes secouées, puis celui de la graisse qui fondait en grésillant. Bunny malgré lui prêta l'oreille, et Lizzie, cessant de pleurer, croisa les bras sur le dossier de sa chaise, et appuya le menton sur ses poignets.

— Leur sale usine ! dit-elle. Faut pas qu'ils s'imaginent que je vais y rester toute ma vie !

— Bien sûr !

Après un silence, elle reprit avec plus d'assurance :

— Qu'est-ce que ça peut me faire, après tout ? Leur sale usine ! C'est pas comme si ça devait durer toujours, pas ?

Et Bunny, faute de mieux répéta :

— Bien sûr !

Lizzie était depuis quelque temps à l'usine, quand le cours de sa vie fut interrompu par un événement, un gros événement : l'oncle Jim vint à Londres. Elle avait à peine soupçonné son existence ; il n'avait jamais été pour elle qu'un personnage légendaire et lointain, obstinément attaché au pays noir qui avait été le berceau de sa famille ; et voila qu'en rentrant un soir, elle le trouva installé sur la meilleure chaise de la maison, partageant un pot d'ale avec Blakeston père et proclamant à haute voix avec un formidable accent du Lancashire son mépris irréductible de la capitale et de ses habitants. Il faisait d'ailleurs exception pour la famille de sa sœur : les Blakeston, à ses yeux, n'étaient comme lui que des colons, contrains par les nécessités de la vie à l'exil parmi les barbares. Au premier coup d'œil, il discerna que Lizzie était restée une véritable fille du Lancashire, et il s'en tint à cette affirmation.

Toutes les vertus qu'il estimait être l'apanage exclusif des comtés du nord se trouvaient réunies en Lizzie, et sur ses défauts évidents, il ferma les yeux. La vérité était qu'il avait conçu tout de suite pour sa nièce une tendresse profonde de vieil homme solitaire, et les avantages de son affection protectrice se firent promptement sentir. D'abord, il fit savoir à tous qu'il ne tolérait pas qu'on ennuyât Lizzie ; et l'autorité d'un homme qui gagne cinq shillings par jour est une chose que Faith Street ne discute pas. De plus, il décréta qu'il prenait en main l'éducation de sa nièce et que, avant toutes choses, il était urgent et indispensable qu'elle apprît à jouer de l'accordéon.

Il possédait un de ces instruments et le maniait

avec une virtuosité étonnante. C'était son unique talent et sa distraction principale ; et il remarquait lui-même volontiers que pour avoir atteint sans instruction musicale une semblable maîtrise, il fallait que ses aptitudes naturelles eussent été bien au-dessus de l'ordinaire. Quand il jouait de la musique sacrée, les airs des hymnes et des psaumes sortaient de l'accordéon avec tant de force et de majesté qu'il semblait que ce fût la voix de l'Éternel lui-même tonnant entre les nuages ; et quand il redescendait vers les mélodies sentimentales du moment, la plainte traînante de l'instrument se faisait si touchante et si tendre qu'on était forcé de croire que le soufflet de cuir vert contenait une âme prisonnière, qui, pétrie entre ses paumes impitoyables, exhalait sa douleur harmonieuse sur un rythme approprié.

Quand Lizzie l'entendit exécuter pour la première fois *Genevieve sweet Genevieve*, avec des ralentissements langoureux aux bons endroits, elle retint son souffle et pensa défaillir. Elle avait toujours conservé une tendresse secrète pour les pianos mécaniques, les orgues et les fanfares ; mais ceci était différent : c'était l'enchaînement miraculeux des sons, la vraie musique enchanteresse et poignante, qui lui était révélée, et la seule idée qu'elle, Lizzie, pouvait aspirer à produire ces harmonies quasi divines la remplit d'un trouble profond. Ce ne fut donc pas la bonne volonté qui lui manqua, et elle eut en l'oncle Jim un professeur admirable, plein du feu sacré et d'une patience infinie ; pourtant ses progrès furent presque insensibles, et l'oncle lui-même, tout en l'encourageant à persévérer, dut avouer que Lizzie ne semblait pas destinée à jamais devenir une des gloires de l'accordéon.

Même après qu'elle eut à peu près compris le maniement subtil des poignées et des trous, les premiers rythmes rudimentaires qu'elle sut évoquer manquaient absolument de vie. L'instrument, qui sous les doigts experts du professeur venait de mugir avec majesté ou de soupirer avec tendresse, ne produisait entre ses mains qu'une plainte anémique, une pauvre mélodie heurtée et faible, moins un chant qu'une lamentation molle, interrompue, malhabile, l'appel d'une petite âme élémentaire et triste. L'oncle Jim reprenait l'accordéon, faisait une démonstration, donnait quelques conseils, prêchait la force et l'audace ; et Lizzie recommençait courageusement, serrant les lèvres et ouvrant des yeux étonnés sur ses insuccès.

Quand il la voyait prête à se décourager, l'oncle interrompait la leçon et jouait un des airs de son répertoire pour terminer agréablement la soirée. D'autres fois, il condescendait pour amuser Bunny, à reproduire avec son instrument des piaillements d'oiseau, des grondements de tonnerre et des clameurs aiguës de chien écrasé, et Lizzie oubliait son désespoir et riait aux larmes.

Un soir, il attaqua un air de cake-walk, et Lizzie, entraînée par la musique, se leva d'un saut, empoigna sa jupe à pleine main et se mit à danser. Voilà longtemps, bien longtemps qu'elle n'avait pas dansé ; mais tous les pas qu'elle exécutait jadis lui revinrent à la mémoire en un instant ; et quand elle eut parcouru deux fois d'un mur à l'autre la pièce étroite, elle était redevenue la petite fille aux bas troués que la ritournelle d'un piano mécanique grisait comme un philtre puissant.

L'oncle, qui l'avait d'abord regardé faire avec un sourire, fit signe à Bunny d'écarter les chaises, et accentuant la cadence du heurt de ses gros souliers sur le plancher, il joua tous les airs de danse qu'il connaissait, valses, polkas et gigues, en fredonnant et dodelinant de la tête. Et Lizzie dansa.

Elle dansa parce que chacune des mesures de la musique lui parlait avec une voix différente, lui chuchotait de tourner, de sauter d'un pied sur l'autre, de faire claquer ses talons sur le plancher, ou de s'avancer en tendant les bras. Elle suivait le rythme parce qu'elle s'y sentait contrainte, et le rythme rentrait en elle et lui suggérait les gestes nécessaires, soulevait ses pieds et les forçait à suivre à pas précis un tracé invisible, faisait monter les genoux, balançait le torse frissonnant sur les hanches raidies, ployait le cou mince sous un lourd vertige. Il y avait des cadences vives et claires qui semblaient remplir la chambre de joie et donner aux membres une légèreté surnaturelle, des cadences délirantes qui exigeaient des gestes brusques et le martèlement brutal des pieds fiévreux sur les planches. Lizzie les suivait toutes aveuglément, déroulant d'un mur à l'autre sa danse sans nom et sans règles, grave comme un rite, primitive comme le vol ivre d'un moucheron dans une traînée de lumière.

Puis le monde s'arrêta avec un choc ; et il sembla

que l'ombre descendait tout d'un coup inexorable, après une longue attente.

La musique s'était tue, et Lizzie était assise sur une chaise, haletant un peu, avec un faible sourire étonné.

L'oncle posa l'accordéon par terre, appuya les mains sur ses genoux et poussa un long sifflement.

— Mais, petite, dit-il, c'est que vous savez bien danser !

L'oncle Jim comprit tout de suite qu'il avait fait jusque-là fausse route en essayant d'enseigner la musique à sa nièce ; il était clair qu'elle n'était pas née pour l'accordéon, mais bien pour la danse, et c'était de ce côté qu'ils devaient diriger tous deux leurs efforts.

Lizzie fut un peu étonnée et presque offensée de l'entendre insinuer qu'elle avait encore beaucoup à apprendre ; elle se souvenait des triomphes de son enfance et protestait que quelques semaines de pratique lui rendraient toute la souplesse d'antan. Mais l'oncle avait des idées sur la danse, des idées particulières et très arrêtées, et quand il les exposa à Lizzie, ce lui fut une révélation presque aussi complète que quand elle l'avait entendu pour la première fois jouer de l'accordéon.

Elle avait accompli sous sa direction quelques exercices et se reposait. C'était l'heure où le marchand de sable passe pour les enfants et où les petites travailleuses fatiguées songent qu'il n'y a plus qu'une courte nuit entre l'heure présente et le travail du lendemain. L'oncle Jim était assis, penché en avant, les coudes sur les genoux, maniant rêveusement l'accordéon d'où sortaient à chacun de ses gestes des plaintes étouffées.

— Voyez-vous, petite, n'importe quelle jeune oie qui n'a pas les genoux trop raides ni la taille en bois peut donner des coups de pied en l'air, se casser en deux et appeler ça de la danse. Mais nous pouvons faire mieux que cela, petite, beaucoup mieux ! Les gens du grand monde s'attrapent par la taille et tournent en rond en faisant des manières, et ils appellent ça aussi de la danse. Mais si vous prenez une duchesse et si vous la mettez sur une plate-forme de deux pieds de côté, bien sonore, et si vous lui jouez un air de danse, un vrai, qui vous enlève comme feraient des coups de fouet dans les jambes, et que vous lui disiez de chanter cet air-là avec ses pieds, eh bien, elle ne saura pas, la duchesse ! elle ne saura pas, petite ! Et toutes ses manières ne l'empêcheront pas d'avoir l'air d'une sotte, parce qu'elle ne saura pas.

Entendant cette parabole, Lizzie perçut clairement que sa mission en ce monde était de faire ce que la duchesse n'aurait pas su faire : de monter sur une plate-forme bien sonore et de chanter un air avec ses pieds ; et qu'en dehors de cela, la vie ne serait jamais pour elle qu'une chose incolore et sans joie.

Pour la première fois de sa vie, Lizzie sut ce que c'est que d'avoir un vrai désir, un désir qui vous hante et qui vous mène, et qui, oublié un instant, revient vous éveiller avec un sursaut au milieu de la routine du jour. Elle avait des moments de terreur affolée, la terreur d'avoir commencé trop tard, alors qu'il n'était plus temps, ou la terreur encore de quelque chose d'inattendu et d'inévitable qui viendrait tout à coup l'arrêter. Puis sa peur se dissipait, et son calme coutumier revenant, elle se sentait envahie d'un grand espoir. Elle allait ce jour-là revenir de l'usine à la maison en toute hâte, boire son thé, manger une tartine, et l'oncle arriverait pour la leçon du soir. Elle écouterait tous ses conseils et s'appliquerait très fort, sans perdre une minute, afin de hâter ses progrès. Et elle recommencerait le lendemain et les jours suivants, et bien d'autres jours encore, jusqu'à celui où elle pourrait enfin monter sur la plate-forme, son rêve, le carré de planches compact et sonore qui serait son piédestal ; et là, scandant la musique miraculeuse du choc précis des talons et des pointes, répandre sur le monde l'ivresse du rythme qui la grisait.

Lorsqu'elle fixait un certain point sur le mur pendant assez longtemps sans penser à rien, elle voyait son rêve se réaliser en image. Tout y était ; la plate-forme glorieuse, Lizzie, une Lizzie un peu transformée, qui avait des cheveux d'aurore, un sourire vainqueur et pourtant très doux, et probablement un collier de perles au cou ; et tout autour, il y aurait... elle ne savait pas au juste quoi, mais ce serait glorieux aussi. Certainement pas les murs resserrés et humides ni les vitres sales de la corderie ; c'étaient peut-être des figures, d'innombrables rangées de figures claires qui formaient un amphithéâtre, mais quoi que ce fût, ce serait bien ; car il n'y aurait plus rien d'ennuyeux ni de laid. Et les belles Juives de Whitechapel Road jauniraient d'envie.

Elle était généralement rappelée à la réalité par un bruit quelconque ou le coup de pied charitable d'une voisine qui voulait lui éviter une amende ; et elle se remettait au travail de bonne grâce, avec un sourire un peu supérieur, parce qu'elle était seule à savoir ce qui allait arriver.

Et l'été vint. Il vint tout à coup, après un printemps tardif et froid, et peut-être qu'il remplit les campagnes de merveilles, mais dans Mile End et Stepney il pesa lourdement. Le soleil chauffa à blanc le toit de zinc de la corderie et transforma en étuve le long atelier où flottaient des poussières de chanvre, et les heures chaudes se traînaient l'une après l'autre au long des interminables journées.

Le soir arrivait pourtant, mais il n'apportait à Lizzie que Faith Street, pareille à un long couloir tiède et sans soleil, emplie d'une atmosphère stagnante où se fondaient tous les relents du jour. Quand l'oncle Jim tardait à venir, elle montait pour l'attendre dans la pièce du premier, et s'asseyait à sa place favorite près de la fenêtre. À cette heure-là, il venait souvent par-dessus les toits des maisons d'en face une brise un peu plus fraîche, qui annonçait l'approche de la nuit ; et même quand la brise manquait, les teintes douces du ciel entre les cheminées étaient une sorte de réconfort.

Bunny, qui lui tenait généralement compagnie, se laissait parfois attendrir par la paix du soir et lui révélait ses aspirations. Il désignait le couchant par un geste vague et disait pensivement : « Tu vois, là où c'est vert. Hein ! et ce que ça doit être loin ! » Et après un silence : « Je voudrais bien y aller voir ! » Il ne songeait probablement qu'à cette partie du monde qui devait se trouver directement au-dessous de l'horizon aux nuances d'aigue-marine; mais Lizzie, s'imaginant qu'il aspirait au firmament même, le regardait d'un air soupçonneux et se contentait de secouer la tête.

Elle n'éprouvait aucun désir de ce genre. L'idée de déplacement s'associait dans son esprit à des embarras nombreux, une grande fatigue, l'intrusion dans un milieu inconnu et probablement hostile. Non, elle préférait attendre son bonheur sur place... Elle sentait confusément qu'elle avait une quantité de souhaits à formuler; mais elle ne pouvait guère les séparer l'un de l'autre. Ils formaient un tout, un régime complet dont l'avènement viendrait modifier un état de choses par trop défectueux; mais séparés, ils perdraient leur prestige.

L'obscurité venait peu à peu, peuplée de formes vagues, tachée de lumières, et Lizzie se prenait à songer que si un de ses désirs pouvait être réalisé, elle souhaiterait avant tout que le soir durât plus longtemps. D'abord le soir était souvent frais et agréable; on avait fini de travailler et il y avait encore toute la nuit avant qu'il fallût recommencer. Toutes les dures nécessités du jour, les abus odieux, les flagrantes injustices cessaient, après tout, d'être si intolérables. Peut-être que le lendemain, ou un peu plus tard, tout s'arrangerait; et en tout cas, tant que le soir durait, on n'avait pas besoin d'y songer. Le soir était une heure de repos et de dédommagement, il venait rectifier d'une pesée légère les balances irrémédiablement faussées, et donner au pauvre monde presque toute sa mesure de paix.

Lizzie aurait bien aimé qu'il durât plus longtemps ; pour le moment, elle n'en demandait pas davantage.

Le grincement d'une porte poussée annonçait l'arrivée de l'oncle, et elle descendait le retrouver. Quelques instants plus tard Faith Street était secoué dans sa torpeur par un refrain qui montait alerte et léger, un air de danse qui semblait lancer un défi à toutes les lourdes choses immobiles et emporter le reste dans une irrésistible ronde. Et bientôt se mêlait à la musique un autre son plus alerte encore, le tapotement de deux pieds vivants sur les planches.

Ils suivaient d'abord la cadence timidement, hésitant un peu ; puis quand elle se faisait plus allègre et plus forte, leur battement s'élevait aussi, précis et clair, scandant le refrain, découpant en chocs nets chaque phrase de musique ; et ils finissaient par dominer la voix de l'accordéon, emplir la maison d'une grande clameur rythmée qui se fondait en roulements ou s'espaçait en intervalles, marmottait une prière à petits coups discrets, s'affolait, se muait en défi, sortait par la fenêtre, insistante et brave, pour apprendre à l'univers indifférent que là-dedans, derrière les murs pelés et la porte vermoulue, il y avait Lizzie Blakeston, la petite Lizzie, qui dansait, dansait, dansait...

Un samedi soir en rentrant, Lizzie trouva l'oncle installé dans la pièce du rez-de-chaussée ; sa figure et son maintien dégageaient une impression de mystérieux contentement. Il accueillit sa nièce d'un hochement de tête amical, et lui montra des yeux quelque chose qui occupait le fond de la chambre.

Lizzie suivit son regard, et joignant les mains,

poussa un « Oh ! » de surprise exultante : le mobilier sommaire de la pièce s'était enrichi, depuis la veille, d'une plate-forme carrée formée de planches assemblées avec art, une petite plate-forme qu'on devinait au premier coup d'œil bien assise, forte et légère, élastique comme un tremplin et sonore comme un tambour.

Lizzie s'y campa d'un saut, arracha son chapeau et le lança sur la table, donna quelques coups de talon d'essai, poussa un éclat de rire aigu, reprit aussitôt un air de gravité surnaturelle et dit : « Y a du bon ! » Et l'oncle Jim empoigna l'accordéon avec un large sourire.

Les enfants qui jouaient au milieu de Faith Street s'arrêtèrent tout à coup dans leurs ébats et, après une courte quête, vinrent écraser contre la vitre des figures multicolores. Ils arrivèrent juste à temps pour voir la danseuse s'arrêter, car l'oncle venait de reposer son instrument sur la table, et se renversant sur sa chaise, regardait son ouvrage d'un air de satisfaction modeste.

— Et voilà ! dit-il. C'est moi qui l'ai faite, cet après-midi. Elle est bonne. Ça n'a l'air de rien, comme ça ; mais il faut savoir.

Puis il se leva et reprit son air mystérieux.

— Ce n'est que le commencement, reprit-il. Remettez votre chapeau, petite, nous allons sortir.

Lizzie écarquilla les yeux et obéit.

Ils descendirent Cambridge Road, tournèrent à gauche dans Mile End Road et suivirent le large trottoir jusqu'au « Paragon ». L'oncle dit négligemment :

— Nous n'entrerons pas ce soir; mais on peut toujours regarder le programme.

Lizzie lut les noms l'un après l'autre, saluant ceux des étoiles d'exclamations admiratives :

— Georges Mozart ! Will Evans !... Chirgwin ! Oh ! oncle ! Chirgwin !...

L'oncle eut une moue évasive :

— Oui, ça n'est pas mauvais ; mais voyons qu'est-ce qu'ils donnent la semaine prochaine. Et ça ! Qu'est-ce que c'est que ça ?

« Ça » était une affiche jaune qui annonçait que la direction, afin de mettre au jour des talents nouveaux susceptibles d'orner la scène d'un music-hall, organisait pour la quinzaine suivante un grand concours ouvert aux seuls amateurs des deux sexes, qui étaient invités à présenter devant le jury formé de personnalités du quartier un numéro de leur composition.

Lizzie lut l'affiche à demi-voix, d'un ton placide, distraitement, et se retournant, rencontra le regard de l'oncle, qui se frottait le menton en la contemplant d'un air gouailleur. Ce fut seulement alors qu'elle comprit, et la chose lui parut sur le moment d'une si prodigieuse énormité qu'elle ne put qu'arrondir les yeux, hausser les épaules, et les doigts raidis d'émotion, laisser échapper un long soupir, pendant que tous les becs de gaz de la façade entamaient devant ses yeux une sarabande hysté-rique. Puis elle demeura immobile sur le trottoir, la tête encore vide de toute idée, la bouche ouverte et arrondie en *O*, retenant son souffle ; et le bruit des voitures et des tramways sur la chaussée, un moment suspendu, revint remplir ses oreilles comme un tonnerre confus.

Le premier instant de stupeur passé, elle comprit plus clairement, et embrassant d'un regard le large trottoir inondé de lumière, la façade imposante et le portier en uniforme, douta d'elle-même.

— Oh! oncle! fit-elle. Vous croyez?

L'oncle eut un sourire supérieur.

— J'en fais mon affaire, dit-il. Nous avons encore quinze jours, petite, et vous êtes en bonnes mains!

Après un instant de silence il ajouta:

— Et le premier prix est de deux livres.

Ils allèrent un peu plus loin dans Mile End Road, revinrent sur leurs pas et s'arrêtèrent de nouveau pour lire l'affiche avec attention, puis ils rentrèrent. Lizzie marchait avec assurance au milieu du trottoir; elle se tenait très droite et les joues lui cuisaient un peu, mais sa surprise s'était tout à fait dissipée.

Elle se disait à elle-même, très posément, qu'elle aurait bien pu deviner que c'était quelque chose de ce genre qui allait arriver. Une petite fille qui rêve de contes de fées ne se donne guère la peine de calculer exactement comment et quand le miracle va, pour elle, survenir; et elle n'avait pas tenté de se figurer ces détails d'une façon précise. Mais le miracle était là; il n'était pas encore arrivé à vrai dire, mais il était presque à la portée de la main, tangible, immanquable. L'oncle Jim, qui ne croyait pas aux fées, en répondait.

Il lui parut plus proche et plus certain encore quand elle fut rentrée dans la petite maison de Faith Street où la plate-forme neuve, poussée dans un coin, semblait attendre. La chambre n'était éclairée que par la lumière incertaine qui venait de la rue, et il n'y avait pas de glace ; mais Lizzie traîna le carré de planches au milieu de la pièce, et de là, tournée vers la fenêtre, elle esquissa quelques saluts gracieux et peupla l'obscurité de ses sourires.

Ce n'était toujours que Faith Street : on entendait par intervalles un bruit de querelles lointaines, le cri d'un enfant, les plaintes d'un ivrogne, qui, poussé au dehors, se lamentait et menaçait tour à tour devant sa porte fermée ; le silence lui-même était peuplé de modulations vagues, des mille craquements anxieux des fragiles maisons de pauvres, et la faible clarté de la rue n'éclairait que les murs écaillés, des fenêtres borgnes, l'étroite chaussée jonchée de détritus ; mais Lizzie pouvait maintenant contempler tout cela avec sérénité. Elle n'en voulait plus à personne, elle songeait déjà à l'heure présente avec une sorte d'attendrissement anticipé, et n'éprouvait qu'une immense pitié pour tous ceux qui n'avaient rien à attendre.

Elle se répéta doucement : « Dans quinze jours ! » et esquissa un pas plein d'allégresse. Le claquement léger de ses semelles sur le plancher troubla le silence de la nuit et elle s'arrêta court, ayant cru entendre quelqu'un remuer en haut. La seule idée que Mr. Blakeston père était peut-être rentré et pouvait être dérangé dans son sommeil glaça son enthousiasme. Elle sortit, referma la porte avec précaution, et retira ses chaussures avant de monter l'escalier.

Cette quinzaine ne lui parut pas très longue. Elle avait attendu si longtemps que deux semaines de plus ou de moins n'avaient vraiment pas grande importance, et ces deux semaines étaient différentes de toutes celles qui les avaient précédées. Il ne s'agissait plus de songes creux ni d'espérances improbables. L'événement merveilleux qui devait inaugurer l'ère nouvelle avait pris forme, une forme vraisemblablement et indiscutablement réelle. Ce n'était plus qu'une date sur le calendrier, une date soulignée à l'encre, que rien ne pouvait empêcher d'arriver.

Et puis Lizzie était bien trop occupée pour être impatiente.

Il fallait d'abord choisir l'air de danse, l'air irrésistible qui devait assurer le triomphe ; il fallait en copier la musique sur du papier soigneusement rayé pour l'orchestre du « Paragon ». C'était long, on devait s'appliquer terriblement, éviter les pâtés, ne pas se tromper de ligne, et l'ouvrage fait, enlever avec une gomme les traces de doigts. Et avec tout cela il fallait encore trouver le temps de travailler plus que jamais, d'apprendre par cœur toutes les nuances du morceau, d'en donner à l'exécution le « fini » brillant et sûr qui devait trancher sur la médiocrité des exhibitions rivales. Les heures d'atelier ne s'écoulaient qu'avec une lenteur fastidieuse, mais les soirées passaient dans la fièvre.

Ce ne fut que dans le courant de la dernière

semaine que Lizzie s'avisa qu'il était une question capitale qu'on avait jusque-là négligée : le costume. Elle y songea pour la première fois un matin en s'habillant, récapitula mentalement le contenu de sa garde-robe et s'abandonna au plus complet désespoir. L'insuffisance de son trousseau était si évidente qu'il semblait impossible d'arriver à une solution satisfaisante. Elle agita le problème toute la journée et décida qu'il faudrait recourir à des emprunts : une camarade de l'usine avait un chapeau orné de plumes jaunes qu'elle consentirait peut-être à prêter, une autre possédait une robe de satin noir d'une grande beauté.

Lizzie se rasséréna quelque peu, mais quand elle fit part de son projet à l'oncle Jim, il réfléchit quelques instants, et exposa des vues surprenantes.

— Petite ! dit-il, si vous avez le beau chapeau et la robe de satin noir, peut-être que ça fera plaisir à la galerie, mais vous pouvez être sûre que les gens des places chères ne trouveront pas ça superbe ! Ils ont vu mieux que cela, cela ne les étonnera pas, et peut-être bien que ça ne leur plaira pas du tout. Il ne faut pas oublier qu'ils auront payé deux ou trois shillings pour leur place, et que c'est leur opinion qui comptera aux yeux de la direction.

Il délibéra quelques minutes, et dit avec décision :

— Vous ne savez pas ce que vous allez faire, petite ? Vous allez danser en costume d'atelier. Parfaitement, avec une blouse de toile, bien blanche, les manches relevées jusqu'aux coudes, et sans chapeau.

Lizzie le regarda avec horreur, parut se soumettre lentement et dit d'une voix tremblante:

— Et la jupe?

L'oncle eut un moment d'hésitation.

— Ah! la jupe! dit-il. Il faudra voir.

Il se gratta la tête d'un air rêveur, et songea:

— La jupe, reprit-il, ça n'a pas grande importance. N'importe quel jupon court pas trop mauvais fera l'affaire; tout ce qu'il faut, c'est qu'il soit assez court pour ne pas vous gêner et pour laisser voir le travail des pieds.

Comme Lizzie ne paraissait pas convaincue, il continua d'une voix persuasive:

— Voyez-vous, petite, ce que vous voulez montrer, c'est quelque chose de distingué. Pas un numéro de danseuse nègre, avec des robes à paillettes, des coups de rein et des hurlements. Non, rien que la plate-forme, l'orchestre qui jouera un air, et vous. Vous avez des dispositions, et je vous ai montré du mieux que j'ai pu.

L'oncle sembla se débattre avec son vocabulaire, plein d'un grand désir d'exprimer sa pensée, il déploya les psaumes et devint solennel.

— De la danse comme ça, petite, ça n'est pas tout le monde qui peut la comprendre! Mais ça vaut mieux, c'est décent, et c'est distingué. D'abord, s'il s'agissait de faire des singeries sur la scène, vous ne sauriez pas: ça n'est pas dans la famille. Au lieu de ça vous allez leur montrer ce que vous savez faire: du travail propre et joli, et ceux qui n'y verront rien, c'est tant pis pour eux. Mais il ne faut pas oublier une chose, petite ! C'est que si vous voulez avoir les deux livres, et peut-être quelque chose avec, il faut leur montrer de la danse pour de vrai, et pas des singeries !

Lizzi hocha la tête, sérieuse : elle avait compris. Mais ces conseils étaient superflus, elle avait une mission, qui n'était certes pas de faire des grimaces et des cabrioles. L'oncle lui-même ne considérait l'épreuve de samedi que comme une occasion heureuse dont il fallait essayer de profiter. Elle, Lizzie, en savait davantage. À partir de samedi tout allait changer, l'horloge du temps allait s'arrêter une seconde et repartir, allègre, pour battre la cadence heureuse des jours nouveaux ; c'était un miracle authentique, révélé à elle seule, qui venait en secret et dont il faudrait se réjouir en cachette : la réalisation d'une promesse faite il y avait longtemps, longtemps, à une petite fille sage qui avait patiemment attendu.

C'était l'impression qui la dominait encore quand elle fit son entrée sur la scène du « Paragon », le sentiment confus qu'elle avait attendu toute sa vie, au long des interminables années grises, et que le moyen était enfin venu. Elle n'avait aucun doute sur le résultat : en un quart d'heure passé dans la coulisse elle venait de voir défiler sur les planches une douzaine de concurrentes dont les romances nasillées plaintivement ou les monologues éventés n'avaient suscité qu'une hilarité peu flatteuse ou des murmures impatients. Il n'y avait eu qu'un succès : un menuisier qui jonglait avec ses outils, mais Lizzie n'avait pas peur.

Quand son tour fut venu, elle attendit qu'un domestique en livrée chamarrée eût traîné sa plate-forme au milieu de la scène ; puis elle fit son entrée à pas rapides, affairée et digne, s'assura que le carré de planches était posé bien d'aplomb, et s'y campa. Elle s'aperçut alors que son entrée avait été accueillie par une grande clameur, une clameur née quelque part au fond de la salle béante, qui venait franchir la rampe comme une avalanche de bruit.

Toutes les amies de la corderie étaient là-haut, dans la galerie à six pence : le bar était déserté, celles qui n'avaient pas pu trouver de sièges s'entassaient autour des balustrades, et elles criaient toutes à tue-tête : « Lizzie ! Ohé, Lizzie ! Hooray ! » Les spectateurs des autres places commencèrent à appeler aussi : « Lizzie ! Ohé, Lizzie ! » au milieu des rires. L'orchestre étonné ne jouait pas encore. Lizzie restait immobile sur sa plate-forme, impatientée et presque en colère. Mais l'occasion était si solennelle qu'elle ne pouvait pas se contenir et attendre encore un peu.

Peut-être était-ce la fragilité de sa silhouette, du corps menu, seul au milieu de la scène ; peut-être l'humilité naïve du costume, du jupon court à fleurs, du corsage pauvre aux manches relevées ; ou bien encore était-ce la simplicité enfantine de sa figure blanche sous les cheveux légers, son air solennel d'attente... Mais Lizzie, toujours immobile, figée et digne sous les appels familiers, avait quelque chose d'étrangement pathétique.

L'orchestre attaqua un air de danse, et l'auditoire, amusé et sympathique, se tut tout à fait en voyant que la petite poupée s'était mise à danser.

Elle dansa avec soin, suivant exactement la cadence, un peu ennuyée parce que l'orchestre jouait à son gré trop fort et qu'elle craignait de n'être pas entendue.

En face d'elle, il y avait une vaste salle presque comble ; d'innombrables rangées de sièges occupés par des spectateurs, hommes et femmes, qui étaient silencieux. Tout cela était exactement comme elle se l'était imaginé. Après les premières mesures, sa vue se troubla un peu, et elle ne vit plus devant elle qu'un grand espace béant peuplé de figures attentives, vers lesquelles le tapotement léger de ses pieds sur les planches s'en allait comme un appel poignant.

Il y eut un passage difficile, très vif, et la peur désespérée d'être en retard sur la mesure la remplit d'une angoisse fiévreuse ; mais après cela, c'était un rythme plein et facile, un chant clair, léger, joyeux, qui l'emporta tout entière. Elle eut envie de tendre les mains pour offrir ses paumes ouvertes, de se laisser osciller avec la mesure, de chanter avec tout son corps l'hymne de désir et d'allégresse. Tous ces gens qui écoutaient, comment pourrait-elle leur faire comprendre ? Mais les paroles de l'oncle Jim lui revinrent à la mémoire : « Surtout, petite, pas de singeries ! » Et elle laissa retomber ses bras à ses côtés.

Il fallait pourtant bien qu'elle se fît entendre, et elle essaya de faire passer dans sa danse tout ce qu'il lui était interdit d'exprimer autrement. D'une cadence preste et légère, elle fit un naïf *alleluia*, le psaume délirant d'une petite créature jeune et grisée de soleil ; et quand le rythme retomba, languit, se traîna un peu, elle leva vers la salle béante ses yeux enfantins, et raconta d'un tapotement incertain et monotone sa courte vie incolore, longue d'ennui, son espérance découragée, le rêve encore mal défini, obscur et fragile.

Et c'était fini ! Elle entendit arriver la dernière mesure avec une surprise affolée, fit claquer ses derniers coups de talon très fort en guise d'appel, de protestation, — c'était trop court ; on ne pouvait pas la juger là-dessus ; c'était si important pour elle ; elle aurait dû... — et l'orchestre était silencieux, la salle était sortie de son immobilité, emplie soudain de mouvements divers et d'un grand bruit confus. Lizzie, oubliant la révérence gracieuse qu'elle avait projetée, descendit de la plate-forme et rentra dans la coulisse, un peu étourdie, la gorge serrée, prenant les dieux à témoin que c'était trop court et qu'elle pouvait faire beaucoup mieux.

Un gros monsieur l'arrêta par le poignet, et sans lâcher prise, avança de deux pas et prêta l'oreille. Elle écouta aussi, et se dit qu'il y avait beaucoup de gens qui applaudissaient, mais qu'ils n'avaient pas l'air de claquer bien fort. Une voix de femme, aiguë comme un sifflet, cria au-dessus du tumulte :

— Lizzie !... Lizzie !... Engcôo [1] !

Le gros monsieur se retourna, hocha la tête d'un air paternel et dit :

— C'est un grand succès, petite, un vrai succès !

Et une jongleuse américaine montra des dents éblouissantes en un sourire protecteur.

---

1. Pour *encore !* équivalent anglais de *bis !*

Après? Eh bien, après il y eut la délibération du jury; la proclamation du résultat, accueillie par de nouveaux cris d'enthousiasme de la galerie; et on amena Lizzie au milieu de la scène pour lui remettre deux souverains neufs dans une petite bourse de peluche bleue. Après il y eut toutes les amies qui attendaient à la porte, débordant d'une affection jusque-là insoupçonnée et de félicitations suraiguës; et il y eut l'oncle Jim, souriant et supérieur, qui demanda à voir les souverains, et méfiant, les fit sonner sur le trottoir.

Mais au milieu de tout cela, Lizzie ne pouvait se défaire d'une inexplicable angoisse et elle se répétait doucement à elle-même tout le long de Mile End Road, que c'était trop court et que cela ne pouvait pas compter. Comment? C'était déjà fini? Les figures familières, les voix connues, le décor de chaque jour, rien de tout cela n'avait changé; tout était comme auparavant, et voilà que Faith Street s'ouvrait de nouveau devant elle, étroite et sombre, ramassant entre ses murailles souillées l'air étouffant du soir, tous ses relents pauvres, et la tristesse de la nuit.

Quand Lizzie s'éveilla, elle eut tout de suite conscience du grand calme qui régnait à la fois dans la maison et au dehors; le silence de la rue n'était troublé que par de vagues bruits domestiques et l'écho lointain d'une voix paresseuse. Elle se frotta les yeux, murmura: « Dimanche » et se renfonça dans l'oreiller. Un peu plus tard, elle rouvrit les yeux sans bouger, et tout ce qui s'était passé la veille lui revint à la mémoire par images successives. Elle se souvint des deux souverains qu'elle avait confiés à l'oncle Jim pour plus de sûreté, et l'importance de la somme lui fit chaud au cœur. Après quelques instants de réflexion, elle se dit que le mal qu'elle s'était donné valait vraiment bien cela ; et après quelques instants encore, elle se trouva assise dans son lit, les genoux sous le menton, tremblant d'indignation.

Pour deux livres, quarante shillings, deux petites pièces d'or, qui ne lui serviraient à rien, elle avait vendu son avenir ! Voilà ce qu'elle avait fait. Elle s'était perfectionnée dans un art d'agrément à force de labeur et de persévérance ; elle avait acquis un talent, un talent rare, qui lui avait coûté de longs efforts et avait par conséquent beaucoup de valeur ; une grande espérance, l'espérance de jours meilleurs, d'une vie différente, de la revanche qui devait tôt ou tard venir, l'avait pénétrée, accompagnée partout et toujours, lui avait fait supporter les injustices des hommes et du sort, les longues heures d'atelier, les souliers percés, la margarine rance, les chapeaux sans plumes, et bien d'autres choses : et puis les événements avaient suivi leur cours, le jour de l'apothéose était venu, et voilà que tout était fini ! De tout ce que lui avait promis sa juste espérance, il ne restait qu'une bourse de peluche bleue qui contenait deux souverains ; rien n'était changé ; la vie allait reprendre comme autrefois, avec cette différence qu'elle n'avait plus rien à attendre.

Elle ne comprenait pas bien ce qui s'était passé. Elle ne savait pas à qui s'en prendre ; mais il y avait eu quelque part une malhonnêteté, un vol ; et comme ce qu'on lui avait escroqué était son dû, son unique bien et l'essence de sa vie, l'injustice était si criante et le vol si cruel qu'un Dieu juste n'aurait jamais dû les tolérer.

Lizzie se disait toutes ces choses, assise sur son lit, les bras autour de ses genoux repliés, et une crise de colère impuissante contre l'iniquité des hommes lui fit monter les larmes aux yeux. Le passé étant plein de mélancolie et le présent incertain, elle essaya pour se consoler de se figurer encore une fois le futur sous des couleurs éclatantes : mais après un court effort d'imagination, son pauvre courage s'écroula, et l'idée des longues années à venir la secoua d'un frisson d'horreur. Elles se présentaient comme une longue trame grise, tissée de travail et d'ennui, où la suite interminable des jours traçait le même destin monotone. Elle pouvait se figurer très exactement ce que serait l'avenir, parce qu'il serait tout pareil à l'autrefois ; seulement autrefois, il y avait au bout des longs jours mornes la clarté consolante d'une promesse, la promesse de toutes les choses qui n'étaient pas arrivées... Lizzie se souvint d'avoir lu dans un livre, imprimé en grosses lettres pour les petits enfants, l'histoire d'une fée qui marchait « au milieu d'un nuage doré » ; elle ressentit une sorte de vanité amère à songer qu'elle avait, elle aussi, marché dans un nuage doré, éblouie et aveugle ; et il ne restait plus du beau nuage que deux fragments dérisoires, enfermés dans une bourse de peluche bleue.

Au milieu de son désespoir, il lui vint à l'idée qu'il y avait, comme chaque dimanche, le marché de Middlesex Street, à quelques minutes de chez elle, et que les deux souverains tant méprisés, employés judicieusement, pouvaient après tout faire bien des choses. Elle se leva, fit sa toilette avec le plus grand soin et descendit. Sa mère lui fit observer que quand on sortait de son lit à cette heure-là, il était absolument futile d'espérer trouver quelque chose à manger. Lizzie sourit avec hauteur, et alla s'asseoir sur le pas de la porte pour attendre l'oncle. Il arriva bientôt, et, sur sa demande, lui remit le trésor avec un sourire d'indulgence.

En descendant Mile End Road, Lizzie songeait que c'était quelque chose d'étonnant et de presque tragique, la petitesse du prix en quoi s'était résumé son rêve. Elle tenait là dans sa paume fermée tout ce qui restait d'un monde de mirage, échafaudé lentement et dissipé en un soir ; ces deux pièces d'or étaient en quelque sorte des reliques, tout ce qui restait pour prouver aux autres et lui rappeler à elle-même l'existence du bel édifice fauché.

Quand elle arriva à Middlesex Street, elle se souvint tout à coup qu'elle n'avait encore rien mangé, et elle déjeuna sur-le-champ d'une portion d'anguille à la gelée, de deux glaces et d'une tablette de chocolat ; ensuite elle se laissa prendre dans la foule et suivit la rue jusqu'au bout, regardant les étalages.

Elle était encore perplexe quand une poussée subite la projeta vers un coin du trottoir où s'alignaient des paires de chaussures ; à vrai dire, elle eût préféré réserver son argent pour des objets moins utiles, mais la voix de la raison se fit entendre, et elle fit l'acquisition d'une paire de souliers jaunes un peu usés, mais pointus à ravir. Refusant l'offre d'un journal pour les emballer, elle alla s'asseoir sur le trottoir dans une petite rue latérale, mit les souliers jaunes et abandonna les vieux. Quand elle eut fait cela, elle se dit qu'elle venait d'être pratique, prévoyante et sage, et elle décida que le prochain achat aurait pour objet un article d'ornement. Après une longue hésitation, elle se décida pour une fourrure. On était en août, mais le marchand dissipa ses derniers doutes en lui assurant que les fourrures vraiment belles se portaient toute l'année. Elle acheta encore un collier de perles, une broche, un nœud de velours rose dont elle orna son chapeau, et un mouchoir de soie safran avec son initiale brodée en bleu. Après cela, elle ne pouvait vraiment plus s'apitoyer sur elle-même ; et son souci principal fut de disposer ces divers ornements avec assez d'art pour qu'on pût les voir tous au premier coup d'œil.

Quand cela fut fait, elle remonta Whitechapel Road jusqu'au »Pavillon», puis revint sur ses pas, marchant lentement au milieu du trottoir, mais s'appliquant à ne pas révéler dans son maintien un orgueil de mauvais goût. Une fois revenue, elle comprit que dans ce quartier on ne saurait pas réellement apprécier sa toilette ; puisqu'elle se trouvait par hasard bien habillée, elle irait se montrer dans des sphères plus élégantes ; et sans attendre plus longtemps, elle empoigna sa jupe à pleine main, prit le coin de sa fourrure entre ses dents pour ne pas la perdre, et rattrapa un omnibus en trois enjambées. Comme ce n'était pas le moment de regarder à la dépense, elle prit un ticket de trois pence, se réservant de descendre quand bon lui semblerait. Elle hésita plusieurs fois et se leva à moitié, mais se contint, et ne quitta l'omnibus que quand le conducteur annonça « Marble Arch ! » d'une voix lassée.

Lizzie, débarquée sur le trottoir, regarda la grille et dit « Hyde Park ! » à demi-voix, d'un ton chargé de respect ; puis elle épousseta sa fourrure à petites tapes tendres, prit le mouchoir de soie safran à la main, et entra dans le grand monde avec simplicité.

Il est bon de se promener dans les rues et de regarder les étalages, il est doux de manger lentement une glace à la framboise, doux aussi de rester tard au lit le dimanche matin, ou bien d'aller en voiture jusqu'à Epping Forest et de reposer ses yeux sur de l'herbe vraiment verte et des arbres qui ne soient pas plantés en rangées ; mais marcher doucement dans les allées d'un parc, par un beau soleil, quand on a une fourrure neuve, des souliers jaunes, un collier de perles et un mouchoir de soie brodé est plus délicieux que tout cela. C'est une joie si complète et si pure que toutes les satisfactions de vanité mesquine finissent par disparaître. On se sent sorti de la dure carapace des jours de travail, installé dans un cercle supérieur où les toilettes éclatantes, le décor ratissé et les manières polies rendent la vie douce, facile et belle ; et par sympathie les gestes les plus ordinaires et même le cours naturel des idées prennent une distinction mystérieuse.

Lizzie se promena donc dans Hyde Park et Kensington Gardens tant que dura le jour, et fut parfaitement heureuse. À la fin de la journée, elle se dirigea vers le kiosque de la musique et s'assit à quelque distance pour jouir de ses dernières heures. Le soleil descendit derrière les arbres lointains, borda de nuances éclatantes et douces quelques nuages épars et disparut tout à fait. Au milieu de l'ombre qui tombait sur le parc, la musique continuait à se faire entendre, jouant des airs militaires, au rythme martial et gai, auxquels la venue lente du crépuscule prêtait une mélancolie inattendue.

Lizzie restait sans bouger dans son fauteuil, résolue à ne partir que le plus tard possible, et sentant pourtant que son bonheur s'en allait. Il faisait trop sombre maintenant pour qu'on pût voir sa fourrure, ni le nœud rose de son chapeau, ni le mouchoir de soie qu'elle tenait pourtant à moitié déployé sur ses genoux. L'obscurité la repoussait impitoyablement dans sa sphère : elle n'était plus qu'une petite chose insignifiante, perdue dans la nuit.

Quand la musique se tut, les gens qui étaient assis se levèrent et passèrent devant elle pour s'en aller ; il y avait surtout des dames, des dames à démarche molle et balancée, dont la silhouette devinée dans l'ombre avait un aspect d'élégance raffinée. C'étaient de grandes dames, assurément, qu'elles fussent ou non titrées ; la molle indolence de leurs moindres gestes disait aux tiers : « Maintenant nous rentrons chez nous, dans nos maisons où il y a des lumières douces, des lits à colonnes et de la vaisselle d'argent. »

Lizzie se souvint du soir où l'oncle Jim avait éveillé son grand désir en parlant des duchesses qui n'auraient pas su danser. Eh bien, elle savait danser, elle, danser comme les grandes dames n'auraient jamais pu, jamais ; mais elles s'en moquaient pas mal ! Elles n'étaient même pas venues au « Paragon » pour lui voir gagner le premier prix, et si elles étaient venues, elles l'auraient oubliée en moins d'une heure, retournant à leurs plaisirs, à leurs jolies choses et à leurs jolies vies, pendant que la petite Lizzie rentrait dans les régions noires, avec ses deux souverains, et au dedans d'elle quelque chose de cassé qui criait son agonie. L'argent était déjà en partie dépensé ; il lui avait donné quelques heures de satisfaction, et voici que c'était déjà fini, et l'autre voix au dedans d'elle recommençait sa clameur lamentable, lui rappelait sans répit son désespoir, semblait la pousser vers quelque redoutable asile.

Elle se leva aussi et s'en alla vers la grille ; elle n'essayait plus d'avoir l'air distingué. D'abord elle sentait qu'elle n'était même pas bien habillée ; elles n'avaient pas de fourrures les autres, et probablement si elles avaient vu la sienne, avant qu'il fît nuit, elles auraient ri. Elles auraient ri doucement, sans éclats, par politesse, et elles auraient passé en balançant les hanches dans leurs jupes soyeuses et molles vers les équipages qui les attendaient certainement un peu plus loin. Le beau mérite de savoir danser ! C'était moins difficile que d'être riche, et moins spirituel que de porter de jolies toilettes et de ne rien faire !

Dans les allées sombres du parc, et plus tard sur l'omnibus qui la ramenait vers Mile End, Lizzie sentit au milieu de son souci se lever en elle un étrange orgueil : l'orgueil de ceux qui ont nourri de grands rêves et n'ont pas été compris. Il y aurait une sorte de noblesse amère à promener dans Faith

Street, même dans la corderie, la conscience d'aspirations méconnues. Elle se sentait maintenant délivrée des obligations mesquines et des devoirs vulgaires, appelée à marcher dans ces sentiers semés de lauriers et de ronces où s'en vont les grandes âmes que la vie a traitées injustement.

Cet orgueil tomba quelque peu quand elle arriva à la maison, où le reste de la famille était rassemblé. Sur la table, il y avait un pot de bière et des verres ; même Bunny avait auprès de lui un peu de bière dans le fond d'un gobelet et mangeait des noix avec diligence. Blakeston vit du premier coup d'œil les ornements nouveaux et fronça les sourcils ; mais l'oncle Jim admira sincèrement :

— C'est étonnant, dit-il, la différence que ça fait tout de suite, un peu de toilette chez une jeune fille !

Lizzi garda un silence tragique, et Bunny, devinant sa tristesse, lui offrit des noix.

L'oncle poursuivit placidement :

— À la bonne heure ! On s'amuse quand on peut, et puis le lundi au travail ! S'pas, petite ?

La « petite », les lèvres serrées, retira son chapeau, posa sa fourrure ; puis s'abandonnant soudain, elle se laissa aller sur la table, et la tête entre les coudes, sanglota éperdument. Les noix échappées de sa main rebondirent sur la table et roulèrent par terre, où Bunny les ramassa.

Au milieu du silence stupéfait, la voix mouillée de Lizzie prononça piteusement :

— Je ne veux pas ! Oh ! je ne veux pas !

L'oncle, qui ne comprenait pas encore, demanda avec lenteur :

— Qu'est-ce qu'elle ne veut pas ?

Entre deux hoquets désespérés, elle répondit faiblement :

— Travailler. Oh ! je ne veux pas !

Entendant cette prétention éhontée, Blakeston père voulut protester avec indignation. Mais l'oncle l'arrêta de la main.

Il chercha laborieusement quelque chose à dire, et ne trouva rien. Mrs. Blakeston qui ne prenait pas au sérieux les nerfs de la jeune fille, examinait la fourrure avec intérêt. Au bout de quelque temps, l'oncle Jim, ayant définitivement reconnu son impuissance à trouver des paroles de consolation, offrit un peu de bière, et voyant que ce subterfuge ne suffisait pas à arrêter les larmes, il lui conseilla d'aller se coucher.

Elle monta l'escalier en sanglotant toujours, se déshabilla et pleura longtemps sur l'oreiller. La vie était trop dure ; le chemin des grandes âmes était tout en ronces, sans aucuns lauriers ; et même l'oubli du sommeil ne lui était d'aucun réconfort, à cause du lendemain qui venait déjà.

À cinq heures un quart, Lizzie se leva, descendit allumer le fourneau à essence et emplir la bouilloire, et remonta s'habiller. À côté de son lit, il y avait un morceau de miroir pendu à un clou ; quand elle s'en servit pour arranger ses cheveux, elle constata qu'elle avait les yeux rouges, et dit à haute voix : « Ça m'est bien égal ! » En regardant avec plus d'attention, elle découvrit autre chose : c'est qu'elle ne pourrait jamais avoir l'air d'une héroïne, d'une héroïne de rien.

Les héroïnes du crime et du vice, les révoltées avaient une mine altière, des yeux profonds au regard dominateur, un teint mat, des lèvres de carmin, un port de tête arrogant, enchanteur et cruel. Elle, Lizzie, n'avait rien de tout cela. Comme héroïne vertueuse, innocente et persécutée, elle eût été plus vraisemblable, mais celles-là avaient toujours un air de distinction chaste, de vertu éclatante qui les marquait pour le triomphe inévitable de la fin. Ce qu'elle voyait dans les débris de miroir c'était, sans illusion possible, la figure d'une petite jeune fille ennuyée et lasse, qui se préparait à travailler toute la journée, pour huit shillings par semaine, et n'aimait pas cela. Il n'y avait donc pour elle aucun espoir ! Quand elle eut fait cette constatation, elle s'aperçut qu'elle n'avait plus que juste le temps de boire son thé en toute hâte et d'emporter un morceau de pain pour manger en route.

Elle arriva en grignotant dans Mile End Road, et la gloire du soleil levant au-dessus des maisons la frappa comme une offense. Elle se dit : « Elles sont encore au lit, les grandes dames ! » et regarda le ciel rose avec hostilité ; le fait d'être levée à temps pour voir l'aurore était la preuve amère de sa servitude. Mais ce ne fut que quand elle se retrouva à l'atelier, à sa place coutumière, attelée de nouveau à la longue tâche fastidieuse, qu'elle goûta tout à fait l'horreur de la vie qui recommençait.

Il se pourrait fort bien que dans vingt-cinq ans

elle fût encore là. Vingt-cinq ans ! Elle essaya de se représenter combien cela faisait de jours, et abandonna bientôt le calcul, arrivée à des chiffres tels qu'ils cessaient d'avoir aucun sens. Le ronronnement continu des machines semblait le symbole même de l'éternité. Elles marchaient sans heurts, inlassables, rapides, exemptes des imperfections et des faiblesses d'une humanité précaire, et toutes ces choses qui tournaient sans arrêt, les volants, les longues tiges d'acier, les courroies et les engrenages, c'étaient des vies, des vies, des vies, des vies qui passaient. Elles se suivaient en longues files inépuisables, faisaient quelques tours rapides, s'usaient et passaient dans le vide, remplacées par d'autres, toutes résignées et docile. D'innombrables générations se succédaient sans plainte, et déjà la machine appelait de son ronronnement doux les petites filles qui avaient cru lui échapper.

L'heure du déjeuner amena toutes les amies, qui exigeaient le récit détaillé de tout ce qui s'était passé, de ce qu'avait dit le directeur du « Paragon » et de la façon dont elle allait dépenser les deux souverains. Mais Lizzie n'était pas en humeur de causer ; la curiosité de ces prétendues amies lui parut sotte et vulgaire, et leurs exclamations diverses, qui se traduisaient toutes par : « A-t-elle de la chance, cette Lizzie ! » la choquèrent comme des propos déplacés au cours de funérailles. Car elle portait en terre ce jour-là un grand secret plein d'orgueil, quelque chose comme les restes d'une personne de haute naissance qui aurait vécu en exil et dont, même après sa mort, il serait interdit de révéler le nom. Elles ne comprenaient pas, les autres ; elles ne comprendraient jamais, et elles l'ennuyaient. Naturellement, quand elle montra sa mauvaise humeur, on l'accusa de vanité ridicule, et les camarades coupèrent court à leurs félicitations pour dire d'un ton moqueur :

— Ah ! ça paraît dur de se remettre au travail quand on a passé sur les planches ! Il faudra pourtant s'y faire, ma fille !

Lizzie répondit :

— Peut-être !

Et elle rentra la première à l'atelier.

Les machines tournaient toujours ; il semblait qu'elles dussent continuer ainsi pendant des siècles et des siècles et que toutes les générations à venir suffiraient à peine à assurer leur besogne ; mais Lizzie n'était plus disposée à se résigner. Une fièvre de révolte haletait en elle et faisait trembler ses mains, et toute sa volonté frêle se cabrait contre le destin. Ce qui l'exaltait surtout, c'était l'inégalité de la lutte : d'un côté, il y avait une grande loi irrésistible et peut-être juste qui, depuis le commencement du monde, ployait sous le même joug les résignés et les réfractaires, et de l'autre côté, il y avait la petite Lizzie qui se dressait en face de l'inévitable et prétendait échapper au sort commun. Pourtant, il lui faudrait céder tôt ou tard, à moins... Elle s'arrêta un instant dans son travail, les yeux ouverts sur la muraille ; et quelque chose de grand et de solennel entra dans la longue salle emplie de poussières, voilà le décor mesquin, couvrit tous les bruits de la vie vulgaire, et lui chuchota à l'oreille des promesses d'évasion.

Elle songea : « Comme c'est simple ! » et s'étonna de n'y avoir pas songé plus tôt. C'était une revanche, en somme, la seule possible, mais éclatante ; un défi lancé à toutes les grandes puissances oppressives ; une fin tragique et belle qui terminerait sans déchéance un grand chagrin... et elle avait lu dans les journaux que cela ne faisait presque pas mal. Les grandes dames elles-mêmes, si elles apprenaient cela, seraient contraintes au respect ; les amies de la corderie percevraient confusément qu'elles avaient caché au milieu d'elles une âme plus haute et plus pure ; et quand sonnerait le glas de son départ, il y aurait quelque part dans l'infini une voix juste et compatissante qui annoncerait :

— Celle qui s'en va, c'est la petite Lizzie, qui savait danser !

Une fois que l'idée fut venue, elle ne songea même pas qu'il pût y avoir la moindre hésitation : c'était la solution glorieuse et simple, qui répondait à tout, et pour laquelle elle n'avait besoin de la permission de personne. Et elle serait une héroïne, après tout !

Les heures qui passèrent après cela furent douces et faciles, et les moindres choses prirent un sens mystérieux, comme ennoblies par le reflet de ce qui allait venir. Quand la journée de travail fut finie, Lizzie quitta l'usine avec un sourire affable et s'en alla le long de Commercial Road vers les docks, un peu émue, mais pleine de fierté. Elle sentait qu'elle allait faire là quelque chose de grand et d'héroïque, qui devait la relever à jamais au rang dont elle avait cru un moment déchoir, et mettre un sceau de noblesse authentique sur ses opérations avortées.

Les gens diraient : « Il fallait vraiment qu'elle eût une nature supérieure au vulgaire, puisqu'elle est morte d'avoir été méconnue ! » Et la mort lui donnerait ainsi son auréole plus facilement et plus sûrement que le succès.

Elle avait marché assez vite et s'aperçut qu'il était encore trop tôt ; la nuit ne faisait que commencer. La rivière serait sillonnée de chalands et de vapeurs ; elle pourrait être dérangée, et elle désirait finir sans hâte, doucement, dans un cadre auguste de silence et de paix. Elle s'en alla donc par les rues, regardant autour d'elle par curiosité : tout ce qu'elle voyait, gens, maisons et boutiques, était laid, indistinctement laid ; il n'y avait rien là qui valût un regret. D'ailleurs elle le comprenait maintenant, même les maisons de West End avec leurs façades à colonnes, les squares tranquilles et distingués, les magasins aux épais tapis, et même bijoux et fourrures n'auraient pu la satisfaire tout à fait. Elle disait cela sans envie et sans dépit et elle en donnait la preuve, puisqu'elle allait renoncer à jamais à l'espérance de toutes ces choses, que personne n'aurait pu lui retirer.

Quand la nuit fut un peu avancée, elle se dirigea de nouveau vers la rivière, longea l'église de Limehouse et suivit les rues obscures en cherchant l'endroit qu'elle avait en vue. Elle le trouva bientôt ; c'était un passage étroit entre deux murailles qui menait à un tronçon de quai ; des deux côtés l'eau du fleuve clapotait doucement contre les hautes parois de wharfs déserts ; du quai partait une passerelle qui conduisait à un ponton ancré dans le courant, où s'amarraient les vapeurs.

Au coin du quai, il y avait un « public house » dont les fenêtres étaient encore éclairées ; quand elle se fut assurée qu'il n'y avait plus personne dehors, elle passa vite et sans faire de bruit et franchit la passerelle en courant.

L'eau était parfaitement calme et pourtant le ponton se balançait doucement, en oscillations paresseuses, comme bercé par le remous de quelque chose qui venait de passer. De l'autre côté, c'était la double obscurité de l'eau noire et des murailles sombres des entrepôts ; ça et là les lumières de quelques vapeurs immobiles se reflétaient dans le fleuve en longues traînées vacillantes ; le sifflement lointain d'un remorqueur s'étouffant dans la nuit ; les bruits divers de la cité arrivant par intervalles en échos confus, et c'était tout. Ce ponton qui oscillait doucement sur l'eau sombre avait des airs d'asile, et sa solitude recueillie semblait en vérité une promesse de la paix définitive.

Lizzie arriva là en courant, vit les lumières miroitant dans l'eau, presque sous ses pieds, et s'arrêta. Elle savait qu'à gauche, très loin c'était la mer, et de l'autre côté Londres, et elle fut contente de voir que la marée descendait. Elle songea quelle chose vaste et mystérieuse c'était qu'une rivière, qui traversait d'un bout à l'autre les villes des hommes en poursuivant au milieu d'eux sa vie à elle, que rien n'avait pu changer. Combien en avait-elle déjà porté dans ses eaux troubles et roulé sur ses bancs de vase, de ces choses semblables à ce que la petite Lizzie allait devenir ? Pauvres filles qui avaient été poussées au dernier refuge pour avoir cru que l'honneur ou l'amour étaient des choses d'importance ; vieilles gens qui avaient trop longuement et trop durement vécu et ne se sentaient pas la force d'attendre davantage ; faillis, vaincus et délaissés, ils étaient venus à elle, et ils avaient trouvé ce qu'ils cherchaient, comme elle allait le trouver à son tour.

Elle fit deux pas vers le bord et s'arrêta encore une fois. Elle n'avait pas peur de la mort, Lizzie ; seulement... elle avait grand peur de l'eau noire, et elle recula lentement jusqu'au milieu du ponton et s'efforça de se rappeler son grand chagrin afin de s'exalter un peu.

Il vint tout à coup, avec son cortège de désillusions, d'iniquités et d'intolérables ennuis. De toutes celles qui avaient cherché un asile dans l'eau profonde, il n'en était certes pas qui eût pu avoir d'aussi justes raisons que Lizzie ! La belle affaire d'avoir été trahie ou délaissée ! La grosse douleur de n'avoir pas de quoi manger ! Elle ! On lui avait volé son espoir : des puissances occultes et malfaisantes lui avaient suggéré un rêve obscur, l'avaient nourri, attisé, fait croître d'un jour à l'autre, pour l'escamoter soudain d'une façon incompréhensible et cruelle ! Il ne restait plus qu'une grande détresse, l'avenir interminable et vague, le travail fastidieux... Et les deux souverains déjà dépensés !

Quand elle eut songé à tout cela, Lizzie se couvrit les yeux de ses mains, marcha droit devant elle, sentit le sol manquer sous ses pieds, et se laissa aller en frissonnant...

Au rez-de-chaussée de la maison de Faith Street, le conseil de famille était rassemblé. Mr. Blakeston père regarda la montre de son beau-frère, et dit avec amertume :

— Voilà ce que c'est quand on leur laisse quarante sous à ces petites ! Ça passe ses soirées dehors à les dépenser comme des sottes !

Sa femme ajouta :

— Et ce que ça se monte la tête ! Vous avez vu cette histoire qu'elle a faite hier, disant qu'elle ne voulait plus travailler !

L'oncle Jim intervint avec bienveillance :

— Bah ! dit-il. À cet âge-là, on dit ça, et puis le lendemain on n'y pense plus. Il ne faut pas se plaindre, en somme : tout a bien fini.

Tout avait bien fini, en effet, surtout pour Lizzie, que la marée descendante poussait doucement vers la mer.

LA PEUR

Je vais, suivant la phrase d'un personnage de Kipling, le naturaliste Hans Breitmann, vous raconter une histoire que vous ne croirez pas.

Elle concerne un homme qui vécut fort paisiblement de ses rentes, fut considéré toute sa vie comme parfaitement normal et bien équilibré, jouit jusqu'au bout de l'estime de ses égaux et du respect de ses fournisseurs, et mourut étrangement.

Je fis sa connaissance à Hastings, ville qui donna son nom à une bataille célèbre, plage élégante qui est à peu près, de tous les endroits que je connais, celui où l'homme a le plus scientifiquement défiguré la mer. Il serait coûteux et peu pratique d'amener la mer dans Piccadilly, mais il est une solution très simple, c'est de transporter Piccadilly près de la mer. Le résultat est une admirable promenade longue de cinq milles, large comme les Champs-Élysées, bordée d'un côté par des villas, des hôtels et des boutiques de toutes sortes, et de l'autre côté par un mur en très belle maçonnerie qui, à marée basse, forme pour la grève un « fond » très satisfaisant et, à marée haute, maintient dans l'ordre les vagues, tour à tour humiliées et rageuses. C'est un endroit sans pareil pour fumer un cigare dans un complet de flanelle de bonne coupe, entre le clapotis des flots domestiqués et les accords d'un orchestre hongrois ; mais pour les gens qui aiment l'eau libre et les coins de falaise tranquilles, « ça n'est pas ça ».

« Ça n'était pas ça », évidemment, pour un homme d'élégante apparence que je rencontrais jour après jour sur cette grève-boulevard, et ce fut probablement ce qui nous attira l'un vers l'autre. Nous échangeâmes, un après-midi, des opinions sévères sur la localité et ses habitants, et, le lendemain, nous trouvant ensemble à l'heure du bain, nous allâmes de compagnie, à brasses tranquilles, vers le large où la mer, loin des petits enfants qui jouent sur le sable, des jeunes dames trop bien habillées et des orchestres à brandebourgs, ressemble vraiment à la mer et reprend son indépendance.

Il nageait dans la perfection : ce n'était ni le style impeccable d'un Haggerty, ni le coup de pied formidable d'un Jarvis, mais l'allure d'un homme qui a l'habitude de l'eau et s'y trouve à son aise. Dès lors, nous prîmes régulièrement nos bains ensemble. Il n'était pas bavard et j'étais encore moins curieux, de sorte que plusieurs semaines s'écoulèrent sans qu'aucun de nous deux se souciât d'apprendre sur l'autre autre chose que ce qu'il avait bien voulu raconter. Il m'annonça un matin qu'il partait le soir même, et quelque peu à ma surprise, ajouta qu'il habitait une petite propriété du Devon, et qu'il serait heureux de me voir, si je pouvais trouver le temps d'aller passer quelques jours avec lui. Il fit miroiter à mes yeux les délices des pipes fumées à plat ventre dans l'herbe drue et me parla d'une pièce d'eau qui lui appartenait, auprès de laquelle la mer, à hastings, n'était qu'un bassin malpropre et sans charme. J'acceptai son invitation et je m'y rendis un mois plus tard.

Il vivait dans une maison absolument quelconque, brique et plâtre, assise au flanc d'un coteau. Il me fit voir, derrière la maison, un jardin qui descendait le long de la pente et indiqua d'un geste vague la vallée au-dessous de nous, en me disant que c'était là que se trouvait l'eau. Je proposai un bain immédiat, mais il me répondit d'un ton embarrassé, qu'il était préférable d'attendre le soir et que, d'ailleurs, c'était l'heure du thé. Nous rentrâmes ; son thé se composait de brandy et soda, mélangés par moitié. Il en but trois verres et nous parlâmes de bains et de natation. Les courses et les records ne l'intéressaient pas ; il nageait l'« over-arm stroke » dans la perfection, — je l'avais vu à l'œuvre, — mais il n'en savait même pas le nom. Il me raconta d'un air rêveur que tous les hommes de sa famille avaient beaucoup aimé l'eau : son père était mort d'une congestion à l'âge de soixante-douze ans, en se baignant dans les environs de Maidenhead, et son frère, encore enfant, s'était noyé dans les herbes, — il ne désigna pas l'endroit. Je voulus, par politesse, donner aussi mon histoire, et lui parlai d'un homme que j'avais connu, qui nageant dans une crique sur la côte d'Irlande, avait distinctement vu, à quelques mètres de lui, une pieuvre de six pieds d'envergure collée contre un rocher. Il en conçut une si effroyable peur qu'il revint vers la terre, à brassées affolées, voulut se hisser sur une pierre, qui tourna en lui cassant la jambe, et resta un quart d'heure dans l'eau, cramponné à la roche, incapable de remuer et hurlant d'épouvante.

Mon hôte m'écouta avec des yeux égarés, la bouche ouverte et les deux mains crispées sur la table. Je lui demandai s'il était nerveux; il me répondit que non, se versa deux doigts de brandy, — sa main tremblait un peu, — les but et regarda par la fenêtre d'un air hébété.

Le soleil était sur le point de se coucher lorsque nous descendîmes vers la vallée. Il nous fallut traverser un taillis inculte, puis dévaler le long d'un talus en pente raide pour arriver à l'eau.

C'était une grande mare d'aspect sauvage, complètement entourée de fourrés et de broussailles et de forme assez curieuse. Elle était longue de cent cinquante mètres environ et, en face du point où nous étions, large d'au moins soixante. Mais l'autre extrémité allait en se rétrécissant progressivement et se terminait par une sorte de canal, mesurant à peine quatre ou cinq mètres d'un bord à l'autre, et complètement obscurci par le feuillage d'un bouquet d'arbres qui le surplombait. L'eau paraissait parfaitement propre et pourtant singulièrement peu transparente, si bien que, sauf sur le bord, il était impossible de distinguer le fond.

Je commençai à me dévêtir tranquillement,

savourant d'avance la volupté d'une demi-heure dans l'eau froide, après une chaude journée. Mon hôte resta quelques secondes immobile, puis défit brusquement ses vêtements, les jeta à terre, enfila son caleçon et se tint de nouveau immobile, debout, tourné vers la mare et haletant un peu. J'attribuai à l'influence du brandy son évidente nervosité et ne pus m'empêcher de songer qu'il avait de grandes chances de finir quelque jour par la fâcheuse congestion, comme son père avait fini.

J'entrai dans l'eau d'un saut, et quelques minutes plus tard, il m'y suivit. Après avoir hésité un peu, il s'avança d'abord lentement, par enjambées prudentes, puis, quand la profondeur fut suffisante, il se laissa aller doucement, sans bruit ni éclaboussure et se dirigea aussitôt vers la partie resserrée de l'étang, nageant avec une force et une précision singulières. Il s'arrêta devant l'entrée de cette sorte de couloir dont j'ai parlé et pendant quelques instants se tint presque immobile, ne remuant dans l'eau qu'avec d'infinies précautions et la figure tournée vers la surface, sous laquelle il semblait scruter quelque chose d'invisible pour moi. Ses manières me parurent si étranges que je lui demandai ce qu'il pouvait bien y avoir à cette extrémité de l'étan. Il me répondit très bas : « Il y a... il y a une source », et se tut de nouveau. Je m'efforçai, moi aussi, de distinguer ce qui se trouvait au-dessous de nous et ne tardai pas à m'apercevoir que la profondeur était beaucoup plus grande que je ne l'avais d'abord supposé.

On ne voyait du fond que l'extrémité de hautes herbes, qui s'arrêtaient à environ un mètre cinquante de la surface et ondoyaient perpétuellement, bien que l'eau fût parfaitement calme en apparence. L'existence d'une source au fond de cet étroit canal, qui pouvait avoir huit à dix mètres de long, expliquait en effet le mouvement qui les agitait. Elles s'écartaient parfois et laissaient alors entre elles une sorte de chenal, dont il était difficile d'évaluer la profondeur, et qui se continuait comme une voie soudainement tracée, jusqu'à la rive verticale du fond où je pouvais discerner vaguement un trou, la source fort probablement, qu'un nouveau mouvement des herbes dissimulait un moment plus tard. C'était bien le plus étrange coin de mare que j'aie jamais vu.

Je tournai la tête pour faire une observation à ce sujet à mon compagnon, mais la vue de son visage me fit instantanément oublier ce que j'allais dire. Il était pâle, ce qui pouvait s'expliquer par l'extrême froideur de l'eau, mais surtout tiré et plissé de rides soudaines et portait une expression curieusement affairée et inquiète. Je le regardai encore quand il nagea lentement vers moi, toujours à brasses prudentes, et me demanda dans un chuchotement effaré : «Il n'y a rien, hein?» J'allais lui répondre avec douceur qu'il n'y avait rien du tout et que nous ferions peut-être bien de nous habiller, lorsque je sentis les couches profondes de l'étang remuées par une mystérieuse poussée. Les longues herbes du fond s'ouvrirent brusquement, comme écartées par le passage d'un corps, et mon hôte se retourna d'un brusque coup de reins, et, poussant une sorte de gémissement, fila vers l'autre bout de la mare, s'allongeant dans l'eau comme une bête pourchassée.

Son affolement devait être contagieux, car je le suivis aussitôt avec la même hâte, mais j'avais conservé assez de sang-froid pour observer qu'il nageait le « trudglon » (double-over-arm-stroke-single-kick), nage que je ne l'avais jamais vu employer auparavant, et cela avec tant de puissance et d'habileté que, loin de le rattraper, je le voyais, malgré mes efforts, gagner sur moi à chaque instant. Quand j'arrivai à la berge, il était déjà sorti de l'eau, et assis sur l'herbe vaseuse, la bouche ouverte, haletait et râlait de telle manière que je crus qu'il allait mourir sur place.

Il se remit pourtant et, un quart d'heure plus tard, ayant repris nos vêtements, nous retournâmes vers la maison.

Je m'abstins de poser aucune question sur les incidents de la journée à celui que j'avais déjà catalogué comme un alcoolique, affligé de troubles nerveux, et me contentai de l'observer à la dérobée. Il fut pendant toute la soirée parfaitement calme et normal, ne but que quelques verres de bière en dînant, et bien que peu bavard, causa sur divers sujets de la manière la plus raisonnable.

La matinée du lendemain fut également paisible. Après le lunch, je lui demandai s'il ne serait pas préférable de prendre notre bain un peu plus tôt dans la journée que nous ne l'avions fait la veille. Il acquiesça, mais trouva par la suite quelque futile prétexte, et il faisait presque sombre, quand nous partîmes. Il était, comme le jour précédent, non pas positivement ivre, mais déséquilibré par la surexcitation continue de l'alcool et donna, en approchant de l'étang, des signes de nervosité maladive; il exécuta devant le trou obscur où se trouvait la source la même pantomime de peur abjecte et de curiosité, et s'avança plus près, puis plus près encore, jusqu'à ce que, devant le recul soudain des herbes, il exécutât dans l'eau un brusque soubresaut, avant de se retourner pour s'enfuir.

Mais j'avais eu soin de me placer un peu en arrière de lui, et, le saisissant au passage par le bras, je l'arrêtai net. Je le tenais encore quand l'eau parut s'agiter derrière lui, et avec une sorte de halètement, il donna un coup de pied brusque qui le jeta contre moi. Alors je sentis distinctement sur ma jambe le frôlement d'une chose longue et rapide qui passait près de mon corps, une chose qui semblait avoir surgi d'entre les herbes épaisses et secouait de son élan brusque les couches profondes de l'étang. Je suis peu impressionnable et aucunement nerveux, mais, à ce simple contact, la peur, l'effroyable peur me bloqua soudain la gorge. Je ne puis me rappeler rien d'autre qu'une fuite affolée, côte à côte avec un homme qui laissait échapper à chaque brassée un gémissement d'angoisse désespérée. Je me souviens confusément qu'il nageait encore le « trudgeon » — nage qu'il m'avait toujours dit ignorer — et la puissance de son effort laissait derrière lui dans l'eau trouble un sillage profond; mais cette fois, la même force nous poussait tous les deux et j'arrivai à la berge avant lui.

Quand nous fûmes habillés, je me retournai une seconde pour regarder la mare, avant de retraverser les fourrés. La surface en était merveilleusement calme et luisait sous la lumière mourante comme une plaque d'étain, mais il me sembla voir à l'autre extrémité, les inexplicables remous qui faisaient osciller les herbes du fond.

Pas un mot ne fut prononcé entre nous sur ce qui s'était passé, ni dans la soirée, ni le lendemain ; mais quand vint le soir, je refusai net de l'accompagner à l'étang et lui laissai entendre que, vu l'état de ses nerfs, il ferait mieux de m'imiter. Il secoua la tête sans rien dire et partit seul. Pendant qu'il était absent, je fus saisi par l'énorme ridicule de la situation et, lui laissant un mot, je bouclai ma valise et partis sans plus de formalités.

Un mois et demi plus tard, le hasard me fit passer sous les yeux un bref « fait divers » qui annonçait que M. Silver, de Sherborne (Devon), avait été trouvé mort dans un étang qui lui appartenait. Lorsque le cadavre fut découvert, il était à moitié sorti de l'eau, les mains étaient cramponnées désespérément aux branches d'un saule qui surplombait, et la figure était figée dans une grimace d'effroyable horreur. La mort était attribuée à un accident cardiaque.

Ma version à moi... était légèrement différente ; mais je n'ai pas cru devoir la donner sur le moment, pour la simple raison que l'on ne m'aurait pas cru, pas plus que vous ne me croirez.

LA FOIRE
AUX VÉRITÉS

Le passage menait dans une cour étroite, une sorte de boyau tronqué qui comportait, de chaque côté, deux maisons basses aux façades moisies et, au fond, un hangar où quelques voitures à bras achevaient de se délabrer. La première porte dans le passage, en sortant de Brick Lane, donnait dans l'arrière-boutique de Petricus, le boulanger; un peu plus loin s'ouvrait une seconde porte et une fenêtre, dont le milieu, défoncé, s'ornait d'un large pansement de papier gris. Au-dessus du papier se balançait une pancarte qui portait en lettres dorées les mots : « *S. Gudelsky, Shoemaker* » ; au-dessous, une ligne de caractères hébreux et, plus bas encore, écrit à la craie d'une main inhabile : « *Repairs done*[1]. » Deux paires de chaussures, usées mais reluisantes, une de chaque côté du carreau de papier, formaient l'étalage, et la porte toujours

1. « On fait les réparations. »

ouverte laissait voir les murs de plâtre écaillé de la boutique où le vieillard se courbait du matin au soir sur sa forme, maniant les chaussures à gestes hâtifs, essayant de racheter, à force d'application industrieuse, la faiblesse qui faisait trembler ses mains usées sur les outils et les morceaux de cuir.

La pièce était de deux pieds au-dessous du niveau du passage, d'où on descendait par trois marches de pierre; elle était extraordinairement basse de plafond, mais assez grande pour que la lumière de l'unique bec de gaz ne pût l'éclairer qu'en partie. Il couvrait d'une lueur vive le crâne poli du vieillard, le raccourci de sa face jaune et ridée penchée sur son ouvrage, ses bras nus jusqu'aux coudes, maigres, où saillaient les veines gonflées; il jetait aussi sa clarté cruelle sur la redingote pendue au mur: une vieille lévite râpée, tachée, d'une vétusté prodigieuse; mais, deux pas plus loin, l'ombre commençait et elle couvrait à demi l'extrémité opposée où on ne distinguait qu'un vieux fauteuil de cuir qu'occupait une forme indécise, enveloppée presque entièrement dans des pièces d'étoffe dépareillées. Un examen plus attentif révélait que c'était une forme humaine, une forme lourde, où ne vivaient que deux yeux d'onyx ternis, un souffle bref, et une main qui voyageait paresseusement, mais sans relâche, entre le visage et un sac de papier placé sur un escabeau. On ne voyait tout cela qu'avec peine, mais les gens qui venaient dans cette boutique n'avaient pas besoin de voir; ils savaient tous que la forme épaisse dans le fauteuil était Leah Gudelsky, qui achevait de mourir. Elle était monstrueusement grasse, d'une graisse qui bourrelait ses mains et tendait sur une figure énorme la peau couleur de cire, mais il était facile de voir que sa vie s'en allait. Cela se voyait à sa respiration faible et rapide, au cerne profond de ses yeux ternis, à la lassitude extrême que montrait chaque mouvement des mains monstrueuses.

Toutes les matrones de Brick Lane avaient dit, l'une après l'autre, d'un air entendu : « C'est une langueur, les médecins n'y comprennent rien ! » Le père Gudelsky et Leah elle-même avaient répété chaque fois : « Oui, c'est une langueur ! » et tous savaient que la fin ne pourrait tarder beaucoup. Il ne restait plus d'humain en elle que la passion des sucreries, et elle ne vivait guère que de cela. Chaque matin, son père allait faire, dans une boutique voisine, provision de fondants à trois pence la livre et de miettes de caramel balayées après la vente. Parfois, quelque voisine compatissante apportait son offrande dans un cornet de papier.

Puis, jusqu'au soir, le vieux cordonnier besognait sans répit, taillant, clouant, rognant le cuir, harcelant les chaussures calées entre ses genoux, appuyant chaque geste affairé d'un balancement du corps, d'une saccade brève, comme pour accélérer les mouvements trop lents de ses mains usées et, jusqu'au soir aussi, Leah suçait ses bonbons sans rien dire, comblant de sa masse déjà presque insensible le grand fauteuil de cuir, semblant toujours prêter l'oreille, attendre d'un moment à l'autre, en mâchonnant, l'appel qui devait venir.

Au dehors, à l'issue du passage obscur, c'était Brick Lane et l'angle de Thrasol Street. La première boutique sur la gauche était celle de Rappoport, le tailleur ; ensuite venaient Agelowitz, le charcutier ; Pomerantz, coiffeur et parfumeur, et Sunasky, dont la vitrine étalait des châles à prière et des pamphlets en hébreu. Un peu plus loin, Dean et Flower Street allongeait ses deux rangées de maisons sordides, où la foule des submergés de l'East End s'en allait chercher asile, moyennant quatre pence la nuit ; ceux qui n'avaient pu réunir cette somme erraient, au hasard des rues, en attendant l'aube, traînant entre Whitechapel et Hoxton leurs pieds meurtris et leur rêve confus d'un Éden où il y aurait un grand feu et des matelas pour s'étendre. Ils suivaient le trottoir en clochant, le dos rond, le coude au mur, laissant tomber dans les porches déserts des lambeaux de soliloques, suivant du même regard sournois et hostile les boutiques et les passants, toute cette autre portion de l'humanité qui avait mangé et savait où dormir ; et s'il pouvait y avoir des degrés dans leur malveillance jalouse, les mieux haïs devaient être ces gens, dont les noms si peu britanniques s'inscrivaient aux devantures des magasins, car ceux-là n'étaient certes pas des submergés. Hier encore, semblait-il, on les avait vus débarquer de la cale des vapeurs allemands ou russes, déguenillés et lamentables, couvant d'un œil anxieux les ballots et les caisses qui contenaient tout leur avoir ; et la seconde génération les trouvait solidement établis dans ces rues du Ghetto débordé, certains besogneux encore, d'autres déjà cossus, mais presque tous bien vêtus, gras et prolifiques, amis de l'ordre et respectueux des lois. Ils étaient chez eux dans Brick Lane : les magasins étalaient pour eux les denrées familières, les affiches même y parlaient leur langue; c'étaient leurs jeunes gens qui, le travail fini, fumaient indolemment des cigarettes, accoudés au seuil des boutiques, et c'étaient leurs jeunes filles qui passaient par deux ou trois, dans leurs robes les plus neuves, pour le pèlerinage du vendredi soir, s'en allant vers l'ouest, chercher des rues mieux éclairées et plus belles, contempler les palais qui pourraient être un jour la demeure de leur race, choisir le campement des hordes du futur, des tribus nombreuses que promettaient leurs vastes hanches.

À deux pas de la rue, dans le sous-sol où le vieux cordonnier usait ses mains sur les durs souliers de pauvres, le futur n'était pas parmi les choses qui comptent: c'était le présent qui comptait, le présent qui renaissait avec le tic-tac de chaque seconde et contre lequel il fallait se débattre sans fin. Pour le vieillard, il représentait une alternative de travail maigrement payé et de repos précurseur de famine; les prétentions exorbitantes des clients pauvres eux-mêmes, économes et durs aux autres, qui exigeaient pour très peu d'argent beaucoup de cuir et de dur labeur, terminé sans faute pour le lendemain, jour de sabbat; et pour Leah chaque minute du présent représentait encore un peu de lumière et de souffle gagnés, un geste qui était un effort, et la sensation douce au palais du fondant qui faisait vivre une fois de plus les nerfs engourdis. Les coups de marteau sonnaient mat sur le cuir, pressés et rapides; quand ils s'arrêtaient un instant, on n'entendait plus que le bruit lointain des passants dans Brick Lane, plus près le susurrement du gaz et le halètement faible qui venait de l'ombre; et bientôt le tapotement repartait de plus belle, hâtif, affolé, de peur que le premier moment d'oisiveté ne fût pris pour un abandon, n'ouvrît la porte à toutes les choses irréparables qu'il importait de retarder encore un peu.

Il y eut au dehors un bruit de pas légers, presque furtifs : une ombre s'encadra dans la porte, descendit deux marches et s'arrêta sur la troisième, en pleine lumière et quand le tapotement du marteau se fut arrêté, une voix de femme, claire et douce, se fit entendre. Elle dit :

— Je viens à vous de la part de Christ, qui est mort pour nous.

Le père Gudelsky leva les yeux vers l'apparition, la regarda un instant, et se courba de nouveau sur son ouvrage. À chaque geste, il secouait un peu la tête avec un sourire faible de vieil homme plein d'expérience et les coups de marteau tombèrent plus drus et plus forts comme pour noyer l'écho des mots enfantins.

L'inconnue restait immobile sur le seuil, très droite, dans une attitude d'assurance paisible. Elle enveloppa du même regard la lumière et l'ombre, les murs écaillés et suintants, le sol malpropre, la silhouette cassée du vieillard, et fit offrande de cette misère et de sa piété à Celui qui l'envoyait. Sa voix s'éleva de nouveau, assurée et douce :

— Je viens à vous de la part de Christ, qui est mort pour nous.

Le cordonnier haussa les épaules d'un geste las et dit sans colère :

— Vous êtes sûre, que vous ne vous êtes pas trompée de rue? Nous sommes tous des hérétiques par ici.

Elle répondit doucement :

— Il y a place pour tous dans la paix du Seigneur!

Il soupira un instant sans rien dire et mania le soulier qu'il venait d'achever : il le tenait tout près de son visage, pour bien voir, car sa vue n'était plus très bonne, et ses lèvres remuaient doucement. Peut-être se félicitait-il seulement d'une besogne bien faite; peut-être était-ce une protestation timide contre les visites d'apôtres importuns. Cette silhouette haute et mince, en pleine lumière sur le seuil, le gênait. De l'évangéliste se dégageait un appel qui ne se laissait pas étouffer, une sorte d'*alleluia* de silence; une foi sans bornes luisait dans ses yeux clairs, revêtait de dignité confiante ses traits encore enfantins. Elle se savait chargée d'un message irrésistible, porteuse du philtre qui guérit tous les maux, et semblait attendre d'un moment à l'autre un miracle certain.

Le respect de sa mission la tenait droite, presque immobile, de peur qu'un geste sans beauté ne vînt déparer son divin fardeau.

Elle parla de nouveau, d'une voix douce qui s'élevait à la fin de chaque phrase, comme sur le verset d'un psaume.

— À présent, dit-elle, vous êtes dans l'obscurité; mais si vous venez au Christ vous serez dans la lumière, car c'est là qu'est la vérité.

Le vieillard posa l'outil qu'il tenait sur ses

genoux, et se passa la main sur le front. Sous la lueur jaune du gaz, sa figure ridée avait une expression de simplicité ingénue, l'air d'attention naïve d'un homme qui cherche laborieusement à bien faire.

— Bien sûr! dit-il, la vérité! bien sûr! mais sait-on jamais? C'est si difficile!

La jeune fille secoua la tête et répondit avec indulgence:

— Ce qui est difficile, c'est de quitter les voies de l'erreur; mais si vous suivez le Christ, les voies sont aisées, car il a dit: «Mon joug est facile et mon fardeau est léger. Et il n'y a de mérite qu'en lui.»

Il soupira encore, choisit une chaussure dans le tas, et l'installant entre ses genoux, la regarda d'un air rêveur; puis il se parla à lui-même, plissant le front et de temps à autre levant vers la lumière ses yeux candides.

— C'est ça, fit-il, bien sûr! Nous sommes tous après la vérité; mais c'est si difficile! Il y en a de toutes sortes des vérités, des petites et des grandes, et il y a une vérité pour chacun, mais combien est-ce qu'elles durent? Moi qui vous parle, j'ai vu la vérité face à face, comme vous, même plusieurs fois et, chaque fois, c'était une vérité différente; mais j'ai vécu trop vieux et mes vérités sont mortes. Oui! vous allez me dire qu'il n'y a qu'une vérité, la vôtre; et que vous en êtes sûre; mais moi aussi j'ai été sûr; j'ai été sûr plusieurs fois!

Il se pencha un peu en avant, les mains sur ses genoux, et sur sa vieille figure jaune et plissée, passa une grimace de détresse touchante, la morsure d'une faim inapaisée qui se serait réveillée tout à coup.

— À Varsovie, fit-il, à Varsovie, j'étais sûr, et les vérités de là-bas sont plus fortes que celles d'ici. Celles d'ici n'ont pas tant d'importance après tout, elles peuvent attendre ; mais là-bas, il semblait que si tout n'était pas changé sans retard, le monde allait s'écrouler dans sa propre pourriture et qu'il y avait tant d'injustice et de misère et de mensonges, que cela ne pouvait durer un jour de plus. Oui ! j'étais sûr, et ils étaient beaucoup comme moi. Nous avions des réunions, voyez-vous, dans une boutique, en cachette, et tous ceux qui venaient là étaient sûrs ; c'étaient des paysans, et des ouvriers, et des étudiants de l'Université, et même leurs professeurs ; et il y en avait parmi eux qui savaient parler de telle manière qu'ils nous faisaient pleurer et crier de colère, à cause de l'injustice et de la méchanceté de ceux qui étaient au pouvoir. Et quand ils disaient comment cela devait forcément finir et que la cause du peuple allait inévitablement triompher parce que la justice et la vérité étaient avec lui ; et comment les temps nouveaux allaient venir, et la tyrannie succomber ; et comment chacun vivrait sa vie librement et sans querelles, il semblait que cela fût si simple et si facile à comprendre qu'il suffirait de le répéter au dehors pour que tout fût changé en une seule fois. Ou bien, ils nous lisaient des livres, et alors c'était plus clair encore : il y avait des phrases qui vous sautaient dans la tête, qui sortaient des pages comme des flammes, comme l'éclair d'une arme jaillit du fourreau ; et même quand ceux d'entre nous qui ne savaient pas si bien parler tenaient à faire des discours, on les comprenait sans écouter les mots qu'ils disaient. C'était comme un hymne dont les cœurs chantaient le refrain : « Liberté... corruption vaincue... assez de misère... Liberté... propagande irrésistible... l'armée avec nous... fin prochaine... Liberté ! »

Le vieillard s'arrêta court et soupira doucement ; puis il se pencha en avant et prit une poignée de clous dans sa main. L'évangéliste, toujours immobile, le regardait en ouvrant des yeux surpris ; dans le silence, le halètement faible de Leah et le craquement du sac de papier sous sa main, annoncèrent que l'appel ne venait pas encore, que les dieux la toléraient un peu plus longtemps.

D'une voix plus basse, toujours se parlant à lui-même, le vieillard reprit :

— C'était la vérité, ça pourtant ; nous étions sûrs, mais ces choses-là n'arrivent jamais comme il faudrait ! Elles viennent trop tôt, avant qu'on soit prêt, et jamais comme on les avait prévues ; certains sont surpris et se taisent, et d'autres agissent trop tôt et vont trop loin. Au dernier moment, on découvre que l'autre parti a peut-être aussi des raisons, tout au moins des excuses que toute la misère ne vient pas du même côté ; et puis, il y eut trop de sang, de sang versé aussi par les nôtres, qui ne semblait pas servir à grand-chose, et nous sommes d'une race qui n'aime pas le sang. Des cris et la fusillade, la réplique des bombes et encore des cris ; les ruisseaux de pétrole en feu charriant la ruine d'une maison à l'autre, nos magasins brûlés ou pillés, et nos jeunes filles hurlant d'horreur aux mains des soldats... Ce soir-là, ma vérité est morte :

il s'est passé trop de choses terribles, qui n'étaient pas toutes de la faute des mêmes. Elle est morte. Tant qu'elle a duré, c'était une vérité forte et belle ; mais après cela je n'ai jamais pu la revoir.

Le marteau s'abattit avec un son mat sur le cuir, enfonça un clou, puis un autre, et d'autres encore, et à chaque fois le vieillard hochait la tête et soupirait un peu, comme s'il clouait là le cercueil du rêve glorieux qu'il avait fallu mettre en terre. En silence il rogna, lima, polit le cuir, contempla la besogne terminée d'un air songeur, et posa la chaussure à côté de lui ; puis il en prit une autre et parla de nouveau :

— Cette vérité-là, je ne l'ai jamais revue ; mais quand j'ai quitté Varsovie et que je suis venu ici, j'en ai vu une autre, et celle-là aussi était une vérité réelle, et j'en étais sûr. Il ne s'agissait plus que de travailler dur et d'obéir aux lois, car cette fois j'étais dans un pays libre, où un homme en valait un autre, et il y avait de la justice pour tous, et à chacun sa chance.

« Tout le temps que je travaillais, ma vérité était là avec moi, et elle me répétait que ceci était le royaume de paix qui nous avait été promis, et que si j'étais courageux et patient, j'entrerais dans mon héritage, et une fois de plus j'ai été sûr. Mais celle-là est morte aussi. Elle a mis des années à mourir, en s'effaçant un peu chaque jour. Ma première vérité était morte en un soir, au milieu des cris et du sang versé, et l'autre s'est usée lentement parce que les choses que j'attendais étaient trop longtemps à venir. J'ai travaillé, et travaillé, et attendu, et chaque matin quand je m'installais à mon ouvrage, elle était un peu plus loin de moi, et chaque fois moins certaine et moins claire.

« À présent je suis vieux, et je n'attends plus rien, rien que ce qui doit forcément venir. Mais j'ai sept enfants. Ils prendront leur tour, et peut-être ils trouveront ce que je n'ai pas pu trouver, ils auront plus de chance, ou bien ils verront plus clair. Voyez-vous, on cherche, on cherche de toutes ses forces, aussi longtemps qu'on peut ; mais ceux qui trouvent sont rares, parce que la vie n'est pas assez longue, et c'est pour cela qu'il faut avoir des enfants. Ils esayent à leur tour ; souvent ils ne vont guère plus loin, parce qu'il faut qu'ils recommencent, et alors ce sera pour leurs enfants à eux. Moi j'en ai sept.

L'évangéliste écarquillait ses yeux pâles sur un monde obscur et compliqué. Elle savait qu'elle avait raison ; mais elle sentait aussi qu'il était des choses qu'elle ne pouvait expliquer ni comprendre. Elle secoua la tête et dit simplement :

— Il n'y a de vérité qu'en le Christ !

Et après cela, elle ne trouva plus rien à dire. Elle mit une brochure pieuse sur une caisse, près du vieillard, entre ses outils, traversa la pièce et en posa une autre sur les genoux de Leah, et sortit.

Longtemps encore retentirent sous le plafond bas les bruits du travail ; longtemps brûla la lumière qui annonçait à tous l'existence d'un vieil homme las pour qui l'heure du repos n'était pas encore venue, et chaque fois qu'il s'arrêtait un instant pour redresser son échine cassée ou se frotter les yeux, il se demandait lequel des sept enfants auxquels il avait donné la vie et qui l'avaient quitté, mènerait à bien la lourde tâche, atteindrait la certitude qui lui avait échappé. Serait-ce Benjamin qui était parti pour l'Amérique, où il gagnait beaucoup d'argent ? Serait-ce Lily ou bien Deborah, deux belles filles avisées et prudentes ? Un peu plus tard, il jeta un regard rapide vers le coin d'ombre où Leah s'était assoupie dans le grand fauteuil de cuir, la bouche ouverte mais respirant à peine, monstrueuse et pétrifiée, si peu semblable à une créature vivante qu'il semblait impossible qu'elle pût se réveiller jamais. Peut-être serait-ce celle-là, songea-t-il, qui trouverait le plus tôt la vérité !

Et il se dit que lui aussi, la trouverait bientôt, sans doute, et qu'ainsi sa grande faim serait apaisée.

LA DESTINÉE DE MISS WINTHROP-SMITH

Ce ne fut que quand elle eut changé de tramway à Stratford que Miss Winthrop-Smith ouvrit son réticule pour y prendre et relire une fois de plus la lettre qu'elle avait reçue ce matin même et à laquelle elle ne cessait de songer.

Elle s'enfonça en arrière sur la banquette, très droite, le chignon à la vitre, jeta à ses voisines un regard de méfiance hautaine, et déploya la feuille de papier. Cette feuille portait, dans le coin supérieur gauche, un motif assez compliqué, qui comprenait plusieurs pots de fleurs, deux haies parallèles qui s'en allaient vers l'horizon, et un coin de serre où un mince jet d'eau montait vers une retombée de plantes grimpantes. Dans le coin droit de la feuille s'étalait en grandes lettres le nom du possesseur de toutes ces choses : « W. G. Firkins » et, en plus petits caractères, l'indication de son négoce : « Nurseryman and Florist [1]. »

1. Pépiniériste et fleuriste.

Une main attentive avait tracé en haut de la page, en beaux caractères arrondis et réguliers :

DEAR MISS WINTHROP-SMITH

et une ligne plus bas :

I am aware I am taking a great liberty[2]...

Le reste n'était que dévotion humble et audace affolée de timide.

Trois fois dans le courant de la page revenait la même expression : Je prends la liberté... La liberté que je prends... Cette liberté... À gestes rapides Miss Winthrop-Smith souligna de coups de crayon imaginaires ces négligences de style. Quand elle eut relu la lettre en entier jusqu'à la signature, régulière et arrondie, elle aussi, comme un modèle d'écriture, son regard remonta une seconde vers la vignette du haut de la page : les deux haies bien taillées qui s'en allaient vers l'infini, le jet d'eau parmi la retombée des feuilles et des tiges aux courbes molles... et, repliant la lettre avec soin, elle releva les yeux et regarda devant elle avec un commencement de sourire.

Pauvre Mr. Firkins ! Il n'avait pu trouver le courage de parler ! Il lui avait fallu écrire, et même sa demande officielle, rédigée et calligraphiée avec soin, ressemblait fort à une lettre d'excuses. Sous chaque phrase transparaissait sa conviction qu'aspirer à la main et au cœur de Miss Winthrop-Smith était pour lui une grande audace, une

2. Je sais que je prends une grande liberté...

ambition effrénée, peut-être de l'impudence; et Miss Winthrop-Smith, qui tenait sa lettre repliée à la main et regardait à travers la vitre du tramway défiler les maisons de Bow et de Mile End, était un peu de cet avis.

La population de plusieurs rues de Leytonstone, les fidèles de la petite chapelle baptiste qui donne sur le square, et d'une manière générale tous les gens qui avaient eu l'occasion d'entrer en conversation, même brève, avec Mrs. Winthrop-Smith, n'ignoraient plus que sa fille occupait dans la célèbre firme Harrison, Harrison and Co., Limited, courtiers maritimes, une situation enviable et rare. Que cette situation n'eût été à l'origine, et ne fût encore, nominalement, qu'un poste de sténodactylographe, elle eût consenti à l'admettre; mais la compétence que Miss Winthrop-Smith avait acquise en ces affaires, le zèle intelligent qu'elle avait tout de suite déployé, la confiance aveugle que les chefs de cette colossale entreprise accordaient à ses capacités et à son jugement, voilà ce qui comptait!... Les nouvelles connaissances, présentées à Mrs. Winthrop-Smith le dimanche matin à l'issue du service, au quart d'heure où les redingotes rigides et les robes de soie sanglées échangent des politesses solennelles, emportaient toujours de ces conversations la vision étrange de Miss Winthrop-Smith, rougissante, un peu gênée, son livre d'hymnes à la main, installée en plein cœur de la Cité, précisément au centre d'un réseau de lignes téléphoniques et de câbles, ordonnant et dirigeant dans leurs courses les flottes marchandes du monde entier. De sorte qu'épouser Mr. W. G. Firkins, pépiniériste, c'eût été un peu — elle ne l'aurait pas dit, mais elle le sentait — une déchéance.

Il assistait souvent au service à leur chapelle — encore que de mauvaises langues prétendissent qu'il appartenait réellement à la secte des Méthodistes primitifs, et non à celle des Baptistes, — et il portait toujours des faux-cols prodigieusement hauts et raides et des complets de diagonale bleue qui semblaient éternellement neufs, comme s'il eût voulu relever par son élégance personnelle le caractère de son négoce. Même il avait paru deux ou trois fois, récemment, vêtu d'une redingote à revers de soie, et coiffé d'un chapeau haut sous lequel sa figure rose reluisait de propreté et de candeur honnête.

Pauvre Mr. Firkins ! Elle se répéta cela plusieurs fois mentalement, avec un demi-sourire apitoyé, et puis se demanda soudain pourquoi elle le traitait instinctivement de « pauvre ». Après réflexion, elle conclut que c'était parce qu'elle allait lui refuser sa main. Pauvre Mr. Firkins ! Tel qu'il se montrait le dimanche matin, soigné de linge, correct de tenue, l'air prospère, il était quelconque, sain, frais, présentable... Mais elle se souvenait l'avoir vu un jour au milieu de ses carrés d'arbustes et de ses serres, en bras de chemise, houssé d'un grand tablier des poches duquel saillaient les armes de son commerce : un sécateur, un paquet de graines, des fiches de bois et de la ficelle, et une toute petite plante comique qui semblait se cacher la tête et ne révéler au monde que quelques pouces de tige et un fouillis de petites racines brunes.

Il avait rougi d'être découvert dans ce costume,

mais elle s'était montrée bonne princesse, affable et gaie, et elle avait visité tout son établissement avec lui, écoutant ses explications, posant des questions intelligentes et trouvant pour chaque dispositif ingénieux des paroles bien choisies de louange. Il lui avait tout montré, avec un respect ingénu de vassal : les plantations d'arbustes alignés au cordeau, imposants par leur nombre, mais touchants de nudité fragile ; les fleurs rangées dans les serres, dont elle sut vanter les couleurs en termes gracieux ; des plantes de toutes sortes dont il lui cita les noms latins, sans vanité, même avec une moue d'excuse, et surtout une petite serre isolée où il essayait timidement la culture du raisin.

Elle était, cette serre, comme tapissée de tiges grêles, dénudées, anémiques, portant des vrilles qui se tendaient comme des mains suppliantes ; mais dans un coin quelque inexplicable miracle avait fait pousser des plants plus robustes, dont l'un portait une grappe... Une gentille grappe, pas très lourde, pas très belle, pas très mûre, mais qui promettait, une gentille petite grappe, enfin, aux grains ronds, opaques et violets... Cette grappe, il l'avait désignée à Miss Winthrop-Smith d'un simple signe de tête, sans rien dire, et il s'était oublié à la contempler longuement, les mains dans les poches de son tablier, rêveur, comme un artiste en face du chef-d'œuvre ébauché. Cela sentait bon la terre humide ; il faisait tiède, une tiédeur alanguie et voici qu'un petit rayon de soleil pâle était venu par le vitrail, en ami, pour dorer et faire valoir la jolie grappe unique...

Miss Winthrop-Smith releva les yeux, avec un

petit rire contenu qui était presque un soupir, et vit que le tramway entrait en pleine nuit. Par derrière, Mile End Road s'allongeait interminablement, à peine emplie d'une brume légère, et cinquante mètres plus loin, tout cela avait disparu, et l'on n'avançait plus qu'à l'aveuglette, avec des précautions infinies, au milieu d'une atmosphère obscure, presque tangible, suffocante, qui semblait mystifier tous les sens à la fois. Des lueurs atténuées se laissaient voir vaguement, lointaines, détachées du monde, qu'on devinait pourtant toutes proches, et des appels de timbre venaient de distances infinies annoncer l'approche de masses sombres qui surgissaient aussitôt.

Miss Winthrop-Smith songea : « Encore le brouillard ! » et consulta sa montre avec ennui. L'intérieur éclairé du tramway donnait une impression d'Arche guidée lentement dans les ténèbres ; les voyageurs regardaient à travers les carreaux l'air opaque avec des mines résignées, et le wattman qui coupait le courant toutes les secondes et sondait l'inconnu à coups de timbre incessants semblait les emmener, perdu lui-même, vers des sorts aventureux. Elle ouvrit de nouveau machinalement la lettre qu'elle tenait à la main, et cette fois la vignette du haut de la page, les deux haies bien taillées, les pots de fleurs et le coin de serre, et aussi les phrases humbles, calligraphiées avec tant de soin, la remplirent d'attendrissement. William George Firkins... Il avait une bonne figure honnête, de couleur saine, mi-rose et mi-hâle, et des yeux bleu clair, pleins de bonne volonté candide. On le disait bien dans ses affaires, sobre et consciencieux ;

ce serait un mari dévoué, fidèle, plein d'égards respectueux, qu'il serait plaisant de gouverner sans arrogance et de récompenser gentiment; et la vie serait tranquille et douce, à la lisière des plantations...

Le tramway s'arrêta, le conducteur sonda le brouillard, appela; « Aldgate!... All change [1]!» Et les voyageurs descendirent un par un et s'en allèrent en tâtonnant vers le trottoir. Il était tard: Miss Winthrop-Smith dut, pour abréger son chemin, passer par Middlesex Street qu'elle ne pouvait souffrir. Cette fois le brouillard eut au moins l'avantage de lui épargner le spectacle de l'activité sordide des ateliers et des boutiques, des façades moisies, et de l'étalage des pâtisseries juives où s'alignent des gâteaux qui semblent faits de boules visqueuses agglutinées. Puis ce fut Bishopsgate Street et les bureaux de Harrison, Harrison and Co., Limited, où, à vrai dire, il semblait qu'elle occupât un poste un peu moins chargé de gloire que ses relations de Leytonstone ne l'imaginaient.

À peine arrivée, elle fut, d'un coup de sonnette bref, mandée par Mr. Harrison Junior, un très jeune homme qui s'efforçait de déguiser sa jeunesse et son inexpérience touchantes sous des dehors de rigidité solennelle. Sans un regard pour la grâce virginale de Miss Winthrop-Smith, ni le tapotement gracieux dont elle faisait rentrer dans l'ordre une mèche rebelle, il récita d'une voix monotone, sans inflexion ni pause:

1. « Tous les voyageurs changent de voiture. »

— Bonjour. Câblez : « Muller, Odessa. Avons offre ferme vapeur trois mille six cents tonnes chargement prompt... »

Déjà le crayon de Miss Winthrop-Smith courait sur les lignes de son carnet, agile, précis, traçant en hiéroglyphes sûrs la destinée probable d'une cargaison d'orge à destination de Liverpool, dont les sucs nourrissants trouveraient leur emploi ultime dans les biberons de millions de petits enfants. À Leytonstone, Mrs. Winthrop-Smith, ignorante de la tâche grandiose que sa fille remplissait avec zèle, lisait paisiblement le *Daily Mirror*, cependant que William George Firkins huilait son sécateur, distrait, avec de profonds soupirs.

Et toute la matinée le trafic du monde filtra entre les doigts roses de Miss Winthrop-Smith, sous forme de lettres, de circulaires, de câbles qu'il fallait décoder, coder, sténographier et dactylographier, et soumettre finalement à l'examen de Mr. Harrison Junior, seul en son sanctuaire, prestigieux, immobile, austère, et caressant peut-être, à l'abri de son masque impénétrable, on ne sait quel rêve ingénu.

À une heure, elle alla déjeuner. Dehors, c'était encore la nuit, mais le manteau de brouillard avait quitté la terre : il planait maintenant au-dessus des maisons comme une menace céleste ou l'effet de quelque enchantement terrible, interceptant toute lumière, laissant à découvert le ras du sol, où les piétons et les voitures fourmillaient comme une nappe d'insectes sous l'effroi d'une semelle gigantesque, vaquant en hâte à leur besogne en attendant que le fléau ne redescendît sur eux.

Sur la table de marbre du « Lyons » où elle prenait son repas, Miss Winthrop-Smith contempla presque avec répugnance la portion de viande froide qu'elle avait commandée, et même le petit pain poudré de farine et la tomate coupée en deux qui l'accompagnaient. Peut-être était-ce le brouillard qui lui enlevait l'appétit, ou bien l'ironie acerbe avec laquelle Mr. Harrison Junior avait relevé quelques erreurs légères, ou était-ce encore l'effet inconscient de la vision qui l'avait hantée à plusieurs reprises ce matin-là, venant sournoisement interposer entre ses yeux et le clavier de sa machine un coin de serre, touffu de feuilles et de pousses vertes, un carré de vitrail par où venait le soleil, et des arbustes en rangées, s'allongeant à l'infini sous le ciel tendre... Elle soupira encore une fois, mania sa fourchette mollement, leva les yeux vers la vitre de la devanture à travers laquelle on voyait les lumières de la rue danser sous le ciel opaque, et sentit la hideur du monde.

La tranche de bœuf de conserve qui séchait sur son assiette lui rappela les révélations horribles des abattoirs de Chicago ; dans l'innocente tomate, à peine trop mûre, elle vit un légume blet et gâté, dont le centre n'était déjà plus qu'une vase brunâtre saupoudrée de graines ; enfin les bonnes qui allaient et venaient, échangeant avec les habitués des propos plaisants, lui parurent définitivement des créatures grossières, sans tact ni décence, plus occupées de fleureter avec leurs clients du sexe masculin que d'assurer convenablement leur service. Et les plantations de Leytonstone, la petite maison tapissée de plantes grimpantes, les châssis et les pépinières, la serre au raisin, les allées qui faisaient le tour des carrés et semblaient inviter à des promenades paisibles de propriétaire, une badine à la main, les cheveux s'ébouriffant sous le vent frais, de bons souliers forts foulant la terre molle... tout cela se présenta à l'esprit de Miss Winthrop-Smith comme un Éden rustique, un asile de paix où William George Firkins la suppliait d'entrer en maîtresse, débordant d'amour respectueux, une grande prière dans ses yeux ingénus.

De deux heures à cinq heures, la balance oscilla sans trêve. Tantôt les regards de Miss Winthrop-Smith se posaient sur les rangées parallèles de pupitres alignés d'un bout à l'autre des bureaux, sur les hauts tabourets semés de distance en distance, sur les nombreux employés de tout âge, attelés à des besognes soigneusement distribuées ; elle entendait la sonnerie incessante des téléphones, le claquement de la porte, les monosyllabes indistincts avec lesquels les télégraphistes jetaient en hâte sur le comptoir leurs enveloppes orange, le cliquetis des autres machines à écrire dans le compartiment voisin, et son cœur s'emplissait d'un grand orgueil : Harrison, Harrison and Co., Limited ! Cet organisme complexe et puissant ; ce nom qui s'étalait en haut des lettres, sur les enveloppes, à toutes les pages de la *Shipping Gazette*, sur la gigantesque plaque de cuivre qui décorait l'entrée du bâtiment dans Bishopsgate Street, sans autres renseignements, sans commentaires, rien que le nom, majestueux, solitaire, en mots graves et sonores comme les sons d'un bourdon de cathédrale : « Harrison... Harrison... and Co... Limited ! » Tout cela, c'était un peu elle, en somme ! Et, quand elle y songeait, l'idée de Mr. William Geroge Firkins, pépiniériste, lui offrant son cœur et sa main, semblait d'un comique achevé.

Et puis un peu plus tard voici qu'un petit employé impertinent lui apportait un modèle de circulaire à copier à la machine à d'innombrables exemplaires : une heure durant, ses doigts s'agitaient sur le clavier pendant que ses lèvres répétaient machinalement, à mesure, les formules fastidieuses ; le calorifère chauffait trop, des poussières flottantes lui grattaient la gorge, les sonneries de téléphone et les claquements de portes tombaient comme des coups de marteau sur ses nerfs exaspérés, la pile de feuilles à remplir semblait ne diminuer qu'à peine...

Elle s'arrêtait une seconde dans son travail, s'étirait pour chasser de ses épaules les crampes de lassitude, fermait les yeux sous la lumière aveuglante des ampoules électriques, et les visions revenaient la hanter un moment, des visions de coins de serre avec des feuilles découpant la lumière des vitres et de jolies tiges vert tendre jaillissant du terreau ; d'arbustes alignés s'inclinant sous le vent l'un après l'autre, comme en révérences de cour ; d'une petite maison proprette, bien rangée, dont la façade est verte au printemps et d'autres visions encore, douces, rafraîchissantes, symboles d'une vie tranquille, simple, tout près de la terre ; de liberté, de petites besognes accomplies à loisir...

La journée tirait à sa fin : déjà Mr. Harrison Junior, ayant signé le courrier, consultait sa montre et songeait à partir, quand un télégraphiste apporta soudain dans le bureau paisible de Bishopsgate Street l'écho de la querelle qui mettait en ce même moment aux prises, en rade de Hongkong, le capitaine du vapeur *Arundel Castle* (4 500 tonnes, 4 panneaux, classe A I à Lloyds [1]) et le directeur d'une firme allemande. En quelques lignes d'un câblo- gramme à cinq shillings le mot, l'honnête marin britannique avait tenté de condenser l'indignation véhémente que lui causait la conduite de ces étrangers sans scrupules, qui, sous des prétextes fragiles, prétendaient rompre la charte-partie dûment signée, et lui refusaient sa cargaison.

Mr. Harrison Junior, happé par son employé principal au moment même où il se croyait enfin libre de s'en aller, partagea cette indignation sans peine. Sur-le-champ, il somma par câble la maison- mère de Hambourg et sa succursale de Hongkong de respecter la foi jurée et d'emplir de riz et d'arachides les cales de l'*Arundel Castle*, sous menace d'indem- nités colossales ; le capitaine reçut l'ordre d'insister sur ses droits et de préparer une note de frais copieuse, et, par mesure de précaution, cinq courtiers de Londres et du Continent furent invités à offrir des cargaisons nouvelles.

D'un bout à l'autre des bureaux, des employés qui s'étaient préparés secrètement à s'en aller, restaient assis sur leurs tabourets et maniaient d'un air affairé des papiers sans importance, pendant que Miss Winthrop-Smith, les yeux brillants, une rougeur de fièvre aux joues, répandait par le monde

---

1. Navire classé dans la première catégorie sur le registre des Assureurs maritimes : navire en parfait état.

le courroux majestueux de Harrison, Harrison and Co., Limited. Les télégrammes jaillirent de sa machine l'un après l'autre, complets, corrects, en longs mots inintelligibles de code, que l'employé principal, debout à son côté, vérifiait à mesure ; et, à peine était-ce fait, que déjà les lettres les confirmant naissaient l'une après l'autre sous ses doigts, en lignes que scandait le cliquetis des leviers actionnés à toute allure, se fondant en un roulement ininterrompu qui toutes les vingt secondes s'arrêtait net, et repartait aussitôt, après le bruit sec de cran qui annonçait le passage d'une ligne à l'autre.

La dernière lettre était déjà entamée quand Mr. Harrison Junior vint en personne, son chapeau sur la tête, voir où l'on en était. Lorsqu'il eut fini d'apposer son paraphe sur les lettres déjà prêtes, Miss Winthrop-Smith terminait la dernière ligne et, debout, il contempla un instant les doigts minces qui martelaient le clavier, agiles, sûrs, disciplinés, manœuvrant sans accroc ni retard sous les regards chargés de zèle de Miss Winthrop-Smith, et sa moue affairée de bonne ouvrière. La lettre finie, elle l'arracha de la machine, et la lui tendit d'un geste assuré.

L'employé principal, qui s'empressait, une feuille de papier buvard à la main, dit d'une voix obséquieuse :

— Voilà de l'ouvrage vite fait ! Et ce n'est pas la première venue qui peut écrire à cette vitesse-là sans faire de fautes !

Avec un sourire auguste, Mr. Harrison Junior jeta son paraphe sur la feuille, et répondit en se levant :

— Oui! Miss Winthrop-Smith est une virtuose,
une vraie virtuose.

Restée seule, la virtuose se passa les mains sur
les tempes, ferma les yeux un instant, et se souvint
alors qu'il lui restait quelque chose à faire.

L'approbation de Mr. Harrison Junior lui
résonnait encore aux oreilles comme une musique
glorieuse. En dépit du commencement de migraine
qui lui pinçait les tempes, elle se sentait singulièrement alerte, les nerfs tendus, surexcitée et pourtant
lucide. Chacun de ses gestes lui semblait prodigieusement exact, calculé, comme le déclenchement
d'une machine dont on attend des travaux essentiels.

Elle étendit la main, prit une feuille de papier,
l'introduisit dans sa machine et martela la date en
une seconde. Ensuite elle sauta une, deux, trois
lignes, mit la marge à « quinze » et s'arrêta, la main
levée... Mais sa décision fut vite prise, et de tous
points digne du rôle important qu'elle jouait chez
Harrison, Harrison and Co., Limited, qui menaçait
les firmes allemandes avec un glaive de feu... D'une
traite elle écrivit : « Dear Mr. Firkins », sauta une
ligne, fit encore une très courte pause, et commença :

« I fully appreciate [1]... »

Deux ou trois fois, elle hésita une seconde,
cherchant les expressions élégantes et polies qui
feraient, sans arrogance, comprendre à Mr. Firkins
qu'il avait nourri des ambitions un peu trop
hautes... et quand la lettre fut terminée, relue et
signée, elle se dit qu'il eût été difficile de faire mieux.

1. « J'apprécie pleinement... »

Cinq minutes plus tard elle sortait, l'enveloppe à la main, allait la jeter dans la boîte la plus voisine, et se retournait pour gagner Aldgate.

Et voici qu'avant qu'elle n'eût fait un pas le panorama de Bishopsgate Street vint lui emplir les yeux de sa laideur morne : la pluie fine qui tombait, la boue gluante sur les trottoirs, les mélancoliques becs de gaz veillant en sentinelles sur les bâtisses sombres, le trot découragé des chevaux sur l'asphalte mouillée, et les gens qui sortaient de toutes les portes, les yeux creux, les traits tirés, se sauvant en hâte, le dos rond sous l'averse, avec une grimace involontaire de fatigue et de délivrance. Elle se souvint de ce qu'était la pluie dans les pépinières de Leytonstone, en gouttes fraîches, chassées par le vent, qui sont comme de petits baisers sains sur les feuilles et sur la peau, les fortes semelles foulant la terre élastique, et puis le grand feu derrière les volets clos... ou bien l'abri des serres, où l'air est tiède et doux, souvent parfumé, comme en un petit monde de féérie, mieux ordonné que le monde du dehors, et les raisins mûrissant sous le vitrail...

Elle resta immobile, les pieds dans la boue, le cœur serré, songeant à toutes ces choses inestimables qu'on refuse un jour, et qui ne reviennent jamais plus.

LA VIEILLE

Laissez-moi m'endormir du sommeil de la terre.

— C'est bien ici le musée?

— Oui donc! Entrez.

Grand-Grégoire s'est effacé en hâte pour laisser passer les étrangers, et ceux-ci franchissent le seuil l'un après l'autre, tâtonnant du pied, baissant la tête, et se groupent de nouveau dans l'intérieur obscur.

— Par ici, dit Grand-Grégoire.

Devant une très petite fenêtre par où pénètre un peu du jour gris on a disposé une sorte de vitrine grossière toute pareille à uin châssis de maraîcher. Grand-Grégoire en nettoie le verre avec sa manche ; les visiteurs approchent et se penchent, examinant les objets disparates qui sont alignés là. Il y a deux boulets entiers, un fragment de bombe, plusieurs sabres, un casque et deux shakos, des pistolets, un long fusil à pierre, et au milieu, étalé de toute sa largeur, un dolman à brandebourgs percé de deux trous, le trou rond d'une balle, la fente étroite d'un coup de pointe, autour desquels s'étendent des taches couleur de rouille.

— À votre gauche, récite Grand-Grégoire, un boulet qui s'était logé dans le mur de la maison : vous pouvez encore voir le creux du dehors, au-dessus de la porte. L'autre boulet a été ramassé sur le champ de bataille, à l'endroit où s'était formé le dernier carré. La bombe aussi. La tunique était celle d'un chasseur de la garde qui a été tué en chargeant l'infanterie autrichienne ; voyez les marques des deux blessures et les taches de sang ; le sabre recourbé qui est à côté lui appartenait aussi et il le tenait encore à la main quand on l'a ramassé. L'autre sabre était celui du général français.

Il ment avec sérénité, parce que son astuce de paysan lui dit que ces reliques de la grande bataille, et la bataille elle-même, sont de très vieilles choses dont les vivants ne peuvent rien savoir.

Les visiteurs écoutent jusqu'au bout, puis parlent entre eux à voix basse.

— Croyez-vous que ce soit authentique, tout ça ?

Un sceptique esquisse une moue indulgente. Un autre regarde autour de lui.

— En tout cas, c'est une très vieille maison.

Ils semblent un peu déçus, mais Grand-Grégoire n'en a cure, parce qu'il a gardé pour la fin la pièce rare du musée, la relique vivante dont l'effet est certain.

— Vous aimeriez peut-être ben causer avec la vieille, dit-il tout à coup. Elle est assise là, près du feu : on aime ben se chauffer, à cet âge-là.

Bonhomme, il les conduit au grand fauteuil à dossier droit où la vieille a été installée au matin, et où depuis de longues heures elle se tasse sur elle-même et semble vouloir glisser vers la terre, ne restant assise enfin que parce que ses membres raides refusent de se plier pour la chute et que son corps usé n'a presque plus de pesanteur.

— Hé ! la mère !

Il lui met une main sur l'épaule et la secoue un peu, mais sans violence, avec la précaution que l'on doit à un organisme centenaire qu'un miracle seul garde vivant.

— Voilà des étrangers qui voudraient vous causer un peu de la bataille... Vous vous rappelez bien : la grande bataille... et l'Empereur... Hein ?... Vous étiez là ?

Les visiteurs ont formé un demi-cercle devant le fauteuil de la vieille et la regardent avec des grimaces de curiosité ou de compassion. Un bonnet plissé cache miséricordieusement sa tête, mais ce que l'on voit de son visage indique un âge émouvant. Les joues forment de grands creux entre les os des pommettes et des mâchoires ; de ses yeux blancs suintent des larmes continuelles qui roulent et s'accrochent aux mille plis de la peau, car ce visage n'est plus qu'un amas de rides pareilles à des coupures. Le dur travail précoce, la pauvreté harcelante, la maternité, et après cela toute une longueur encore de vie sordide et dure, sont venus d'année en année corroder et taillader cette chose qui avait été une figure de femme, pour en faire un exemple déchirant. Et ce que l'on devine de son corps, sous les vêtements informes, est tel que cela fait mal d'y penser.

— Hé! la mère!

Une dernière poussée a réveillé en elle un tressaillement de vie, et tout de suite elle commence à réciter sa leçon, sans bouger ni tourner la tête, d'une voix qui tremble et défaille entre ses gencives.

— Oui, oui... C'est ben vrai que j'étais là et je m'en rappelle comme il faut... Les canons et les fusils faisaient ben du bruit, et aussi les chevaux qui couraient tous ensemble, et je vous dis que j'avais assez peur... Il y a eu des hommes qui étaient tout déchirés et qu'on a soignés ici, et les canons ont manqué démolir la maison. C'est vrai...

— Et l'Empereur, la mère? N'oubliez pas l'Empereur!

— C'est ben vrai que j'ai vu l'Empereur aussi. Il a passé derrière la maison avec un grand monde à cheval, des généraux et je ne sais pas qui encore. Là, derrière la maison, sur le chemin, il a passé, et je l'ai vu comme je vous vois... comme je vous vois.

Quand elle en est arrivée là, elle se rappelle la pantomime apprise et tourne vers les visiteurs ses yeux usés qui ne voient plus, en branlant la tête.

— C'est ben vrai... je l'ai vu.

— Quel âge a-t-elle donc? demande une voix.

— Cent sept ans, répond Grand-Grégoire avec assurance.

Du coin de l'âtre une autre voix chevrotante s'élève.

— Cent sept ans, oui, c'est ben ça.

C'est la tante Ferdinand qui parle, et tous les regards se dirigent de ce côté. Comme l'aïeule elle est assise sur une chaise à dossier droit sur laquelle son corps voûté se tasse et vacille ; son visage est presque pareil à celui de l'autre, marqué des mêmes plis innombrables et profonds qui creusent la peau jaune, et semble presque aussi vieux ; mais en elle la vie est encore forte et ses petits yeux aigus voyagent et luisent.

— J'ai quatre-vingt-quatre ans, moué, et je suis sa fille ! Voyez donc ! Cent sept ans, c'est ça. C'est son âge.

Avec des exclamations d'étonnement les visiteurs se sont retournés et contemplent une fois de plus la survivante des temps héroïques, celle qui a vu, de ses propres yeux, les grands hommes et les grandes guerres. Ils voudraient lui poser des questions, mais la pitié les arrête ; ils voient le délabrement pathétique de la face, les yeux morts, la fente sèche qui fut sa bouche ; ils devinent l'épuisement du maigre corps affaissé, et se taisent. Seul, Grand-Grégoire parle, et assure que la vieille est encore solide, quoi qu'on en pense, et pleine de vie ; elle est un peu sourde, et n'a plus ses yeux de vingt ans, mais elle comprend tout et mange bien.

— On ne le croirait pas à la voir, mais elle mange quasiment autant comme moi ! Oh ! je vous dis qu'elle n'est pas près de mourir ! On en a ben soin...

La pauvreté décevante du musée est oubliée ; les visiteurs s'en vont vers la porte, saisis, un peu émus ; des pièces blanches sortent des goussets. Grand-Grégoire les reçoit d'un geste gauche et suit le groupe jusqu'au seuil. Un des étrangers se retourne, une fois dehors, et regarde le trou que le boulet a creusé dans le mur ; d'autres s'arrêtent quelques instants au bord du chemin, le chemin où quatre-vingt-dix-huit ans plus tôt une petite fille a regardé passer l'Empereur et son escorte. Puis ils s'éloignent lentement.

Grand-Grégoire revient vers la vieille et la regarde avec une nuance d'inquiétude.

— Elle a ben du mal à se réveiller, aujourd'hui !

— Ouais ! fait la tante Ferdinand. C'est tous les jours pire, et quand des étrangers viennent, elle en raconte un peu moins toutes les fois.

Le silence emplit la maison. Dehors, le vent fouette la vaste plaine brune, les nuées grises se pourchassent d'un bout à l'autre du ciel gris, et tous les reliefs de la campagne — les maisons et les granges aux toits noirs, les arbres que l'automne dénude et que le vent brutalise — ont l'air de s'ennuyer ou de souffrir.

Les bûches mal séchées fument dans l'âtre ; la vieille est affaissée sur sa chaise dure devant la cheminée, et elle n'a plus conscience que de la fatigue qui l'écrase, et plus d'autre désir que celui de la mort.

Il y a quelques années — quinze ou vingt ans peut-être : qu'est-ce que cela pour elle ? — son grand âge lui inspirait une sorte de vanité sénile et elle redoutait de mourir. Mais depuis, d'autres années trop nombreuses sont venues, et d'autres encore, et le tout l'a chargée d'un fardeau tel qu'un Dieu miséricordieux n'aurait jamais dû l'imposer à une de ses créatures. Le poids l'écrase, presse ses vieux os dans leurs jointures usées, fait de son souffle et des battements de son cœur des spasmes douloureux dont l'arrêt amènerait pourtant une autre douleur insupportable, et ce qui reste de sa chair a perdu la vie et n'est plus qu'un suaire inerte et froid qui l'oppresse.

Elle est assise de telle sorte qu'elle ne peut tomber, et il lui semble pourtant que c'est son seul désir : quitter une fois l'éternelle posture immobile qui lui fait mal, se pencher et tomber face contre terre, secouant du même coup le fardeau qui l'écrase sur elle-même et la douleur de ses os. Elle sent que la terre l'appelle, et que si elle pouvait se jeter en avant, coucher son corps usé sur le sol frais et rester là quelques instants, l'insoutenable lassitude de ses membres se muerait en repos.

Mais plusieurs fois par heure quelqu'un vient la remonter sur sa chaise dure, lui secouer l'épaule, éloigner l'inconscience douce qui semble toujours sur le point de venir, et il faut qu'elle violente sa poitrine et sa gorge séchées pour prononcer une fois de plus les mots qu'elle a appris autrefois, qui n'ont plus de sens pour elle et que ses propres oreilles n'entendent plus. Si seulement — ô Dieu pitoyable — elle pouvait trouver la force de se pencher et de se laisser tomber en avant, pour répondre à l'appel de la terre !

Le silence dure longtemps. Les bûches se consument. Grand-Grégoire vient en jeter d'autres sur le feu et retourne s'asseoir. Les nuées défilent toujours dans le ciel attristé, et le jour gris reste pareil à lui-même à travers les heures de l'après-midi.

Mais quelque chose approche lentement dans la plaine, Grand-Grégoire se lève et regarde par la petite fenêtre carrée. C'est une automobile à carrosserie longue qui porte plusieurs personnes, quatre ou cinq ; maintenant elles sont descendues et s'approchent encore, s'arrêtant souvent et parlant entre elles avec des gestes qui montrent le lointain. Des étrangers ? Ils vont venir au musée, sans aucun doute, et leur apparence promet une moisson de pièces blanches.

Grand-Grégoire lisse encore avec sa manche le verre de la vitrine, s'approche de la vieille et lui touche l'épaule :

— Hé, la mère ! Voilà du monde qui arrive.

Il attend quelques instants et la secoue de nouveau :

— Hé !

Il n'a jamais été brutal avec elle, mais voici qu'une peur le prend et sa poigne se fait rude :

— Hé ! réveillez-vous.

La poussée a fait osciller le corps menu, qui s'affaisse sur lui-même encore plus que de coutume et commence à glisser vers le sol dans une posture singulière. Il le relève aussitôt et l'accote contre le dossier, mais l'inertie assouplie de ce corps et de la tête qui vacille, et le regard qu'il a jeté sur la figure ridée, lui ont dit la même chose en même temps.

La tante Ferdinand le voit reculer d'un pas et comprend de suite.

— Elle a passé?

Grand-Grégoire reste muet et hoche la tête.

Par la fenêtre il peut voir le groupe des étrangers qui s'approchent lentement, et cela lui fait saisir en une seconde l'étendue du désastre. Sans la centenaire, son musée n'est plus qu'une supercherie grossière et inefficace qui n'attirera personne, c'est leur gagne-pain qui est parti avec elle. L'angoisse de la misère qui vient le prend à la gorge, et la tante Ferdinand, qui a compris aussi, se penche et regarde le cadavre avec des yeux incrédules et terrifiés. Le bois craque dans l'âtre, scandant les secondes anxieuses.

Encore un coup d'œil jeté par la petite fenêtre qui donne sur la plaine, et tout à coup Grand-Grégoire s'est décidé et se hâte. Il prend le corps inerte dans ses bras, l'enlève du fauteuil à grand dossier, et fait à l'autre vieille un signe de tête effaré.

— Toué! Viens là, toué.

La tante Ferdinand se lève à grand-peine, vacillant sur ses jambes raides, et se traîne jusqu'au fauteuil où elle s'affaisse à son tour. Rien n'est changé; la flamme de l'âtre éclaire une autre figure flétrie qui révèle un âge émouvant, et les mains déssechées aux veines enflées qui tremblent sur la jupe noire suffisent à exciter la pitié.

Mais Grand-Grégoire tourne autour de la pièce unique de la maison, portant dans ses bras, que l'âge commence déjà à raidir aussi, le cadavre léger et menu, et il cherche désespérément une cachette. Le lit?... Mais les rideaux d'indienne ne ferment pas. Quelque coin sombre? Il regarde et secoue la tête.

Les voix se font déjà entendre auprès du seuil et il commence à trembler à son tour et à perdre la tête, quand ses yeux frappent soudain la grande armoire de noyer. C'est assez d'un bras, d'une main, pour tenir le corps désséché de la centenaire; de l'autre main, il ouvre le grand panneau, voit tout l'intérieur d'un coup d'œil, les maigres piles de linge; les vêtements de drap soigneusement pliés occupent les deux étagères; dans le bas, il n'y a que quelques couvertures, des sacs vides, et le harnais usé du cheval qu'il a fallu vendre quand le fils est mort. Y aura-t-il place?

Le chétif corps replié disparaît dans le fond de la grande armoire: la tête roule sur une couverture de laine brune et une des mains sèches semble faire un dernier geste et vient s'appuyer contre la paroi. Grand-Grégoire referme le panneau de toute la vitesse de ses mains tremblantes et se retourne juste à temps.

— Est-ce ici le musée?

— Oui. Entrez.

Ils sont cinq: trois hommes et deux femmes aux manteaux riches. Grand-Grégoire leur montre la vitrine d'un geste; ils approchent et commencent à examiner les armes et le dolman troué; dans le fauteuil en face de l'âtre, la tante Ferdinand se débat contre son angoisse et cherche à se rappeler ce qu'elle doit dire. Et Grand-Grégoire qui se sent pas capable encore de réciter la leçon de tous les jours, reste stupidement adossé à l'armoire, les mains étendues à plat contre les panneaux, comme pour empêcher de sortir le secret sinistre qu'il y a enfermé.

S'il avait su... S'il avait pu deviner quel contentement infini la vieille avait trouvé dans la mort, et combien l'abandon du corps jeté là, sans respect, replié et tordu sur les couvertures et les pièces de cuir, la tête contre le bois de l'armoire, était doux à celle qui avait trop longtemps attendu!

LE DERNIER SOIR

Ils s'étaient retrouvés au coin de Brick Lane et de Bethnal Green Road, et maintenant attendaient Sal, immobiles tous les deux sur le trottoir.

Bill tournait le dos à la chaussée ; les mains dans les poches, sa casquette sur la nuque, il regardait les passants en sifflotant. Tom faisait face à la rue, et fixait sur les boutiques d'en face, sans les voir, des yeux hébétés. Il avait aussi les mains à fond dans ses poches ; la tête en avant, le dos rond, il semblait suivre du regard, sans comprendre, quelque chose qui s'en allait à la dérive. Ses cheveux jaunâtres, bien graissés, plaqués avec soin, sortaient de sa casquette sur le front en une frange régulière, et sur les tempes en frisons luisants ; sur sa poitrine flottaient les extrémités d'un foulard cerise, échappées de son gilet ; ses souliers jaunes, crevés en plusieurs endroits, mais reluisants sur les orteils, surplombaient l'eau vaseuse du ruisseau. De temps à autre, il se redressait et carrait les épaules d'un geste machinal, la tête en arrière, avec une moue ferme ; et puis peu à peu, il retombait dans sa posture affaisée.

Bill se retourna, cracha dans le ruisseau, et demanda d'un air important :

— Quand c'est que vous rejoignez votre régiment, Tom ?

Tom répondit sans le regarder, les yeux fixes :

— Après-demain... Le sergent, il a dit qu'on ne voulait pas de nous demain jeudi, parce que ce serait le lendemain de Boxing Day [1] et qu'on aurait encore tous très mal au cœur...

Bill rendit hommage à cette sagacité d'un hochement de tête.

— Des types qui la connaissent, ces sergents, fit-il. Pour le dernier soir que vous pouvez vous amuser sans aller en prison après, faut bien en profiter, pas ?

Tom cracha à son tour pour exprimer son ineffable amertume, et ne dit plus rien. Virant sur le talon, Bill envoya un clin d'œil conquérant à deux petites connaissances à lui qui passaient bras dessus bras dessous, traînant dans la boue des jupes de velours, et chantant une romance à fendre l'âme ; puis il reprit la romance en sifflant, leur fit une grimace quand elles se retournèrent et dit soudain :

— Voilà Sal !

Tom soupira, et se détourna pour regarder Sal venir.

Elle arrivait à pas balancés, les bras ballants, dodelinant de la tête sous un gigantesque chapeau à

1. Le lendemain de Noël, jour férié en Angleterre, est connu sous le nom de Boxing Day.

plumes noires. Quand elle vit que Tom et Bill la regardaient, elle s'arrêta et les salua d'un grand geste et d'un «Ha, ha!» aigu; après quoi elle inclina la tête en arrière, les grandes plumes de son chapeau caressant sa taille, et les bras gracieusement étendus, ondoyant sur les hanches, s'avança en exécutant un pas langoureux.

Quand elle fut devant eux, elle termina sa danse par un entrechat, s'immobilisa et, une main tendue vers Tom, dramatique, elle demanda:

— Eh bien, Tom! C'est fait?

Tom fit «oui» de la tête. Elle poussa un éclat de rire strident, donna un coup de tête subit qui fit voler ses plumes, et cria:

— Et on l'a pris! Faut-y qu'ils soient à court de monde!... Oh Tom! Mon beau Tom! Que j'aurais aimé vous voir sous votre habit rouge!

Tom la regardait, la bouche ouverte, et la regardait encore. Depuis longtemps déjà il nourrissait une conviction obscure que dans tout le vaste monde il n'existait personne qui pût être comparé à Sal; maintenant il en était sûr, et de la voir ainsi, dans ses plus beaux atours, parée pour ce jour de fête, — leur dernier jour, — c'était comme si une troupe de choses sans nom s'éveillait au dedans de lui, et commençait à tirer, à pousser et à mordre...

Elle avait des lèvres très rouges dans une figure très blanche, Sal, et des yeux bleus très clairs avec des cils très noirs, de sorte que sa bouche empourprée frappait davantage au milieu de cette pâleur émouvante et que ses yeux auxquels les cils sombres, marqués comme une peinture, donnaient une expression dure et presque sauvage, surprenaient d'autant plus quand on les regardait encore, et qu'on voyait que c'étaient des yeux de petit enfant.

Sa robe était d'étoffe violette, avec des bandes d'or en travers du corsage, et une ceinture à boucle dorée ; par-dessus la robe, elle portait un long manteau en velours noir soutaché ; au cou elle avait un collier de perles à cinq rangs, et encore un autre collier avec de nombreuses pendeloques qui scintillaient sur sa poitrine ; à chaque oreille se balançait au bout d'un fil d'or, une grosse pierre bleu pâle. Sous ces vêtements et ces parures elle prenait forcément un air un peu hautain, hiératique, par souci de l'effet et pour faire honneur au jour de fête ; mais quand ses yeux se posaient sur Tom ou Bill et qu'elle leur parlait, bonne princesse, ils reconnaissaient bien leur Sal des autres jours.

Et Tom la regardait toujours, les yeux perdus, soufflant de tristesse, et buvait du regard la splendeur des bandes d'or sur le violet de la robe, l'étincellement des joyaux, la grâce altière du long manteau de velours noir et l'appel poignant de la petite figure blanche, de la bouche rouge, des yeux ingénus et farouches...

Pourtant, ce fut Bill qui exprima le premier son admiration :

— Oh Sal ! fit-il. Ce que vous êtes belle ce soir !

Sal répondit : « Allons donc ! » avec un petit rire modeste, fit un tour complet sur le talon, faisant voler en l'air les pans du manteau de velours, et les regarda tous deux d'un air narquois.

Tom soupira bruyamment et dit :

— Allons boire un verre !

C'était une offre qui n'exigeait pas de réponse ; ils s'acheminèrent tous trois vers le « pub [1] » du coin. Là, ils réussirent à trouver un siège pour Sal, lui apportèrent deux doigts de gin dans un petit verre à pied, frêle, très distingué, et elle but à toutes petites gorgées pendant que, debout près d'elle, ils lampaient leur bière.

Ils étaient seuls dans ce coin, et l'intimité soudaine, ou peut-être les libations fraternelles, firent tomber le masque d'insouciance que Sal avait revêtu jusque-là. Elle releva les yeux, et demanda d'une voix hésitante :

— Et... c'est-y demain que vous partez, Tom ?

Tom répondit :

— Non ! Après-demain seulement.

— Ah ! fit-elle. Alors ce sera moi la première partie !

Ils se turent tous les trois un instant, puis Bill reprit d'un ton maussade :

— C'est encore moi le plus à plaindre là dedans, savez-vous ! Sal s'en va en service ça n'est peut-être pas drôle, mais ça n'empêche pas qu'elle va être comme un coq en pâte, bien nourrie, et tout ça, juste assez de travail pour ne pas s'ennuyer, et tous les clients pour lui faire la cour ! Et voilà Tom qui part pour être soldat, voir du pays, et le reste ! Mais le pauvre diable qui reste dans le coin après que tous les copains sont partis, si on en parlait un peu, hein !

---

1. Abréviation familière pour « public house » : bar ou cabaret.

Tom regarda Sal, qui écoutait la tête levée, le cou plié en arrière, ses lèvres humides luisant sur l'émail des dents, le menton se dessinant sur le haut collier de perles à l'éclat très doux et sur les pendeloques scintillantes ; puis il baissa les yeux et regarda son soulier sans rien dire. Ce fut Sal qui répondit, d'une voix basse, traînante, en hésitant un peu :

— Ça n'est pas drôle pour personne, Bill. On était si bien tous les trois... et voilà Tom qui s'en va, et je m'en vais aussi... Et qu'est-ce qui va nous arriver ?

Ils se turent encore tous les trois, parce qu'on ne leur avait appris que juste assez de mots pour exprimer leurs pensées de tous les jours, et qu'ils ne connaissaient pas de paroles qui pussent dire leur navrement hébété, le ressentiment sourd que leur inspirait la force des choses, la dureté du sort qui les séparait.

L'hiver était cruel dans Bethnal Green ; il avait apporté plus de misère encore que les hivers précédents, et les souscriptions charitables, les fonds de secours, les donations du gouvernement, si larges, si magnifiques dans les colonnes des journaux, avaient fondu sans laisser de traces au milieu de tout ce peuple dépossédé. Tom, sans ouvrage depuis longtemps, avait vécu de ressources imprécises, demi-journées de travail dans les marchés ou dans les docks, sommes minuscules glanées au hasard des rues ; et voici que dès novembre l'usine où travaillait Sal avait fermé. Il est vrai qu'elle avait un domicile, elle, qu'elle avait presque toujours assez à manger et qu'elle savait où dormir ; mais son beau-père s'était vite fatigué de la nourrir, il avait passé sans transition des reproches aux coups ; le travail restait introuvable, l'hiver s'avançait, plus dur chaque semaine ; après des journées passées dans la boue glacée du dehors, en quêtes infructueuses, il lui fallait rentrer au logis hostile et manger son souper hâtivement, sur le coin d'une table, guettant les violences probables, devant la mère qui regardait tout cela sans oser rien dire, les yeux grands ouverts, garée dans un coin, par peur pour l'enfant qui allait venir !

Quand on lui avait offert cette place dans un restaurant de Yarmouth, elle avait bien compris qu'elle ne pouvait dire « non », et d'ailleurs le beau-père, consulté, avait promptement accepté pour elle ; mais elle savait ce qui l'attendait. C'était une mauvaise place, là où elle allait. Le patron, un gros homme noir et crépu, avait déjà eu « des ennuis » avec ses servantes ; il s'en était généralement tiré à bon compte, mais elles, les servantes, ne s'en étaient pas toujours tirées. Quand Tom avait appris cela et qu'il avait vu l'homme — parent d'un boutiquier de Brick Lane — il s'en était allé sans rien dire jusqu'au bureau de recrutement le plus proche, où il avait pris le shilling du Roi.

Cela s'était passé à la veille de Christmas [1], et voici que deux jours plus tard, ils s'étaient retrouvés pour ce dernier soir de fête. Le lendemain Sal s'en allait vers l'inévitable, narquoise et brave, et vingt-quatre heures après, Tom partait à son tour, sept années durant, servir Sa Majesté le Roi et Empereur

---

1. Noël.

au delà des mers. Ils savaient cela tous les deux : ce qui forçait l'autre à partir, et ce qui les attendait, mais voici qu'au dernier moment ils découvraient que c'était un bien plus grand malheur qu'ils n'avaient cru.

Tom — peut-être y songeait-il — poussa un grognement sourd et s'en alla en traînant les pieds vers le comptoir ; mais à mi-chemin il se ravisa et revint, par politesse, attendre que Sal eût fini. Elle l'en récompensa en lui tendant son verre avec un gracieux sourire, disant d'une voix très douce :

— S'il vous plaît, Tom, la même chose !

Bill les regarda tous les deux l'un après l'autre, tendit aussi son verre et baissa les yeux vers le plancher.

Cette fois Tom et Bill avaient du gin dans leur bière, et ils commencèrent à sentir que c'était après tout un jour de fête, quel que dût être le lendemain. Bill demanda :

— Quelle sorte de Christmas avez-vous eu, Sal ?

Sal détourna la tête, indifférente, et répondit d'une voix traînante :

— Oh ! Pas si mauvais... Sauf que le vieux a commencé à me casser des assiettes sur la tête quand j'ai voulu reprendre du pudding ; mais il s'est calmé quand j'ai pris le tisonnier... Il m'a dit comme ça : « C'est bien ! C'est bien, ma petite ! Allez toujours ! Dans votre nouvelle place vous vous ferez dresser ! »

Tom grogna :

— J'ai bien envie de lui régler son compte, à celui-là, avant de m'en aller !

— Et laisser la mère et les mômes crever de faim, dit Sal. Oui, ça serait assez malin !

Ils se turent jusqu'à ce que ce fût le tour de Bill de payer sa tournée. Le bar était maintenant plein de buveurs entassés, de voix et de rires. Auprès d'eux un groupe se bousculait facétieusement. Bill contempla leur gaieté d'un air supérieur, et remarqua :

— Ça ne vaut pas notre dernier lundi de la Pentecôte, hein, Tom ? Seigneur ! Quelle journée qu'on a eue !

Tom hocha la tête et Sal leva les yeux au plafond avec un sourire d'extase rétrospective. Ce lundi de la Pentecôte, un ami fortuné les avait emmenés à Wanstead Flats dans sa carriole, et ils avaient eu là une de ces glorieuses journées dont le souvenir attendri fait passer sans plaintes bien des années dures. Le grand ciel turquoise, les balançoires, la conquête ardente des noix de coco, les innombrables bouteilles de « ginger-beer [1] » bues sur l'herbe, et la longue flânerie sur le dos, en plein soleil, la main dans la main, une tige de graminée dans la bouche ! Et les collations de cervelas, de coquillages dégustés autour des petites voitures d'amandes et de berlingots ! Les nombreux pèlerinages au « pub » voisin, où l'on trinque sans compter ! Et surtout le retour au crépuscule, à six entassés dans la petite carriole dont les essieux ploient et grincent, traînée par un poney minuscule, fort et ardent à miracle, qui comprend que c'est un soir de fête, et trotte éperdument ; le retour dans la nuit sous le ciel

1. Limonade au gingembre.

encore tendre à l'Occident, tous enlacés, têtes ballotantes sur les épaules, chapeaux échangés, chantant à pleine voix une romance délirante et lamentable ! Devant et derrière il y a des carrioles semblables, toutes pleines de couples enlacés, étourdis, la tête lourde, ivres de boissons de pauvres et d'une joie de pauvres, se serrant l'un contre l'autre et hurlant dans la nuit, de peur de se souvenir du lendemain qui arrive. Et la gloire du vent frais que crée la vitesse du trop éperdu, les oscillations aventureuses et les cahots, l'étreinte dont on s'accroche à une taille avec confiance, comme à la seule chose dont on soit sûr, et seulement pour un soir !

Ils se souvenaient de cela tous les trois, mais sans tristesse, parce que tant qu'on boit rien ne semble irréparable. Et puis la grande salle haute de plafond, chaude, bien éclairée, la foule entassée et bruyante, le cliquetis incessant des verres et des pièces de monnaie sur le comptoir, la vue des compartiments opposés où des gens entraient à chaque instant, l'air animé et jovial, certains au moins de quelques minutes de bon temps et de réjouissance, tout cela contribuait à leur rappeler qu'ils s'amusaient, qu'ils passaient ce soir de fête comme il convenait, vêtus de leurs meilleurs habits et buvant ensemble.

Mais quand ils sortirent du bar dans la rue, le choc de la nuit les troubla un peu, et Sal, toujours brave, se mit à chanter.

Elle chanta :

Une belle peinture dans un beau cadre doré...

et Bill joignit sa voix à la sienne. Tom reprenait de temps en temps un vers avec eux, ou bien un ou deux mots seulement, et puis se taisait. Ils marchaient tous les trois au milieu de la rue : Sal avait une main sur l'épaule de chacun des garçons et s'abandonnait aux deux bras qui lui entouraient la taille. La tête en arrière, oscillant un peu à chaque pas sous le grand chapeau à plumes noires, les yeux vagues, elle semblait plongée dans une sorte d'extase sacrée, et envoyait vers le ciel sa complainte nasillée comme une incantation solennelle. Tant de fois ils avaient ainsi arpenté Bethnal Green Road tous les trois, se tenant par le cou et par la taille et chantant à tue-tête ! Tant de fois ils avaient élevé vers les dieux impassibles l'offrande de leurs harmonies : chansons d'amour, tristes ou tendres, toutes rhapsodiées bien ensemble à pleine voix fêlées, religieusement, sans arrêt ni défaillance, et voici ce que le sort leur envoyait !

La rue était très large et les maisons très basses, de sorte qu'ils auraient pu se croire dans une vaste plaine découverte, où il n'y avait qu'eux entre la terre et le ciel écrasant. Il était, ce ciel, parsemé de nuages très bas, curieusement découpés et semblables à des décors, si proches qu'ils faisaient ressortir davantage la profondeur énorme qui les séparait de la voûte saupoudrée d'astres, et ils défilaient d'un bout à l'autre de cette voûte en théorie solennelle, gardant leur formation pompeuse, comme conscients du soir de fête. Sous ce plafond somptueux, les maisons de Bethnal Green Road, les quelques boutiques pauvrement illuminées, même les « public houses » gorgés de monde et dont les façades

flamboyaient, semblaient d'une petitesse dispro-
portionnée et mesquine, et les gens qui peuplaient
cette rue : les couples chantant sur la chaussée, les
groupes assemblés près des portes, les bandes qui
passaient sur les trottoirs, tous se tenant par la
taille, aux sons aigres d'une musiquette de bazar,
étaient clairement des êtres pitoyables, tronqués,
apparemment frappés de folie et célébrant aveuglément un culte barbare.

Sal chantait de toutes ses forces, d'une voix
nasale, sans inflexions, et les deux garçons
chantaient parfois avec elle, et parfois se taisaient
pour l'écouter. Les strophes de sa romance
célébraient l'une après l'autre la splendeur étonnante de :

...la belle peinture dans le beau cadre doré...

vision glorieuse qui, rien que d'en parler, inondait
de distinction supérieure tout le pauvre monde
contrefait. Elle chantait comme on récite une prière,
les yeux fixes, la tête en arrière, et de chaque côté de
sa petite figure blafarde les grosses pierres bleues
suspendues à ses oreilles oscillaient doucement. Elle
s'était fait belle pour ce dernier soir, Sal, et
maintenant elle chantait de son mieux sa romance la
plus belle ; de sorte que si le lendemain qui les
séparait devait leur apporter de la malchance et de
longues tristesses, ce serait le lendemain qui aurait
tort !

Tom s'était tu ; soudain il s'arrêta court, et dit
d'une voix étranglée :

— Oh ! allons boire, dites ! Voilà qu'il commence
déjà à se faire tard !

Le « public house » où ils pénétrèrent était bondé jusqu'aux portes, et Bill dut pousser et se faufiler entre les groupes pour arriver jusqu'au comptoir. Dans cette salle violemment éclairée, au sortir de l'ombre, Sal parut étourdie, et chancela. Elle se rattrapa d'une main à la muraille, et regarda Tom avec un sourire hébété.

— Oh ! Tom ! dit-elle. C'est-il bien vrai qu'on s'en va tous les deux ? Bill et vous et puis moi, on était si bien ensemble, mais surtout vous, Tom, surtout vous... Qu'est-ce qui va nous arriver ?... Et tout ce qu'on a oublié de se dire !

Tom la regarda aussi un instant, et puis détourna les yeux, les mains à fond dans ses poches, haletant comme une bête affolée. Et Bill arriva avec les verres. Ils burent ensemble, plusieurs fois, et peu à peu la chaleur douce, le bon goût des boissons et le tumulte auquel ils participaient, leur versèrent de nouveau un assoupissement très doux.

Un soir de fête ! C'était un soir de fête, et il fallait se réjouir. Tous les gens qui emplissaient ce bar s'amusaient bravement, buvant, riant et se bousculant l'un l'autre, ou bien trinquant avec des politesses solennelles. Tom regardait autour de lui machinalement, et tout à coup l'idée lui vint pour la première fois que certains d'entre eux étaient peut-être comme lui gais en apparence, et au fond, effarés, abrutis par quelque incompréhensible détresse... Cet homme debout dans un coin, grand, fort, hâlé, d'un beau type massif et sain, qui se tenait tout droit, le cou raide, et buvait seul, avec un air de sagesse durement achetée... Ces deux petits vieillards cassés, hâves, presque en guenilles, qui semblaient se raconter des histoires comiques d'autrefois et riaient en montrant des gencives baveuses... Et cette femme à peine pubère, enceinte, seule avec une autre femme plus âgée qu'elle, écoutait en tournant et retournant son verre entre ses doigts...

Mais quand il reporta ses regards sur Sal, il comprit que tous les griefs d'autrui n'étaient rien à côté du sien. C'était demain qu'elle s'en allait.!... Et la figure de l'homme qu'elle allait servir!... Il n'y avait jamais eu personne comme Sal : l'élégance distinguée de sa toilette, le faste des perles et des pierres, son air d'assurance délurée, qui semblait de l'héroïsme, à cause de sa fragilité pathétique! Il regarda la pendule, et vit que le temps galopait férocement ; puis il se dépêcha de porter son verre à ses lèvres, s'aperçut qu'il était vide, et sentit confusément que c'était un mauvais présage.

Lorsqu'ils sortirent, il prit Sal par la taille en maître, presque brutalement, et la pressa contre lui : elle s'abandonna sans rien dire. Bill hésita, puis enfonça les mains dans ses poches et marcha à côté d'eux. Ils s'en allèrent ainsi tous les trois jusqu'à Cambridge Road, et s'arrêtèrent au milieu de la chaussée, indécis, ne sachant que faire. Mais voici que d'un « public house » voisin vint un son de banjo et de voix gutturales, qui les attira. Trois artistes barbouillés de suie, rangés près de la porte, pinçaient leurs instruments et chantaient ensemble des chansons nègres, qui parlaient de longues rivières désertes au cœur d'un continent de féerie, de plantations heureuses, d'idylles noires sous le grand soleil... Le blanc des yeux et des dents, le rouge des lèvres, tachaient les visages souillés ; ils dodelinaient de la tête, grelottant un peu sous le vent froid, comme auraient grelotté de vrais nègres expatriés, et une mélancolie pittoresque emplissait leurs refrains de lointains pays, sonnait dans la vibration des cordes pincées et dans leurs voix aux sons de métal.

Sal s'appuya plus fort sur le bras de Tom, et écouta la musique avec un sourire ravi. Les paysages étrangers et merveilleux qui défilaient dans ces romances, les amours, que rien de bien sérieux n'entravait, d'Africains sentimentaux et de quarteronnes tendres et fidèles ; tout cela la transportait dans le monde délicieux des pièces de théâtre, des chansons et des livres, le monde où tout est mis en musique, et où tout finit bien. La clameur aigre des banjos avait pour elle la douceur de harpes célestes, et les voix nasales, usées par l'alcool et le brouillard, des chanteurs barbouillés, l'emportaient d'un bond vers des régions bienheureuses.

Tom, levant soudain les yeux, vit à travers la vitre du « pub » l'heure que marquait la pendule, et sursauta.

— Vite ! dit-il. Ça va fermer ! On n'a que juste le temps de boire un verre !

Ils se dépêchèrent d'entrer, et burent en hâte. Bill avait encore de l'argent et offrit une seconde tournée, si l'on avait le temps. Autour d'eux les consommateurs commençaient à sortir ; le garçon, l'œil sur l'horloge, se préparait à expulser les attardés avant que l'heure fatale ne sonnât. Tom se pencha vers Sal, effaré, une grande peur dans les yeux, et marmotta :

— Dépêchez-vous, Sal, dépêchez-vous ! Encore un...

Et Sal jeta le contenu de son verre entre ses lèvres, très vite, et le tendit de nouveau.

Quelques instants plus tard ils se retrouvèrent dehors où on les avait poussés, et cette fois la nuit se referma sur eux comme une catastrophe. Toute la soirée ils avaient passé de la rue dans un bar, de nouveau dans la rue, et puis dans un autre bar encore ; ils avaient bu et chanté et fait tout ce qui pouvait leur venir à l'esprit pour célébrer dignement le jour de fête et leur départ, mais cette fois leur sortie dans l'ombre avait quelque chose de définitif et d'irrémédiable. Ils ne pouvaient plus rien, le sort les emportait déjà, et les refuges se refermaient derrière eux. Tom s'accrocha de nouveau à la taille de Sal et Bill les suivit en trébuchant. Parmi les groupes qui se dispersaient ils s'en allèrent le long de Bethnal Green Road jusqu'au coin d'une petite rue sombre, et s'assirent sur les marches d'un perron.

Au-dessus d'eux, les nuages blancs défilaient toujours en théorie pompeuse d'un bout à l'autre du ciel profond. Sal, en haut du perron, les regarda un instant, les yeux ternes, le cou ballant, et puis appuya la tête contre le mur. Assis sur la première marche, Tom restait immobile, mais ses yeux vacillaient, se fixant tour à tour sur les pavés, sur le mur d'en face, sur les gens qui passaient ; il semblait essayer de se souvenir de quelque chose, quelque chose d'important qu'il avait oublié de dire...

Et Bill commença de se lamenter. D'une voix pâteuse il énuméra l'un après l'autre des griefs cuisants. Tour à tour il accusa le sort, des tiers malveillants, Sal elle-même qui s'était mal conduite envers lui.

— J'ai été votre copain aussi, Sal! dit-il, tout autant que Tom; tout autant que Tom! Et voilà que vous vous en allez tous les deux; c'est notre dernier soir ensemble, et il n'y en a que pour lui!... J'ai été un bon copain pour vous, Sal; tout autant que Tom!... Et c'est moi qui ai payé à boire le plus souvent!

Un groupe passa, quelqu'un se moqua de sa voix gémissante, et il se leva en chancelant, s'étaya d'une main au mur et soudain se rua droit devant lui avec des coups furieux. Il y eut un tumulte prolongé, des jurons et des cris, le choc mat des poings meurtrissant la chair des pommettes, des bousculades confuses d'hommes ivres, deux combattants roulés ensemble sur le trottoir et qu'on séparait avec des coups de pied et des bourrades, Tom se jetant dans la bagarre, titubant et féroce, et Sal égratignant quelque chose... Et puis un peu plus tard, ils se retrouvèrent seuls, sans trop savoir comment et le calme solennel de la nuit les enveloppa de nouveau.

Tom sentait que l'ivresse l'engourdissait peu à peu et luttait instinctivement pour se ressaisir, comme si l'abandon eût été la fin de tout. Il regardait Sal, et chaque fois c'était un effarement nouveau. Demain matin elle partait... même plus, puisque depuis longtemps déjà minuit était passé, et dans quelques heures ce serait le jour. À travers la stupeur qui descendait sur lui il comprenait pourtant une chose qui était resté cachée jusque-là : que tout le long des années dures, des interminables années de misère semées d'orgies rares, d'un bout à l'autre de sa vie d'homme, et du haut en bas de son cœur, il n'y avait jamais eu que Sal qui comptât...

Assise sur la plus haute marche du perron elle appuyait la tête contre le mur. Son beau chapeau s'était un peu incliné dans la bagarre, et une mèche de cheveux pendait le long de l'oreille comme pour cacher une meurtrissure. Ses yeux se fermaient à demi, ses lèvres s'entr'ouvraient sous un halètement léger ; hors de l'ombre du chambranle, la lumière du reverbère voisin plaquait sur sa figure une lividité terrible. Tom la regardait toujours de ses yeux troubles, et luttait pour retarder encore l'inconscience qu'il sentait venir, et aussi pour essayer de bien comprendre, de voir clairement cette grande chose informe, urgente, atrocement urgente, qui lui échappait. Sal s'en allait... voilà ! C'était insupportable et l'on n'y pouvait rien. Peut-être y avait-il des choses qu'il aurait pu faire ou d'autres choses qu'il aurait pu dire, et alors tout eût été autrement. Mais comment faire ? Dans la vie tout arrivait pêle-mêle, au hasard, de travers, et on n'y pouvait jamais rien... Sal s'en allait, et quand elle serait partie il ne resterait plus rien... Il ne resterait plus rien : le monde serait vide, et lui Tom, serait vide aussi... Il s'en irait par les rues avec son habit rouge, et sous son habit rouge, il ne resterait plus rien... Et elle !

La petite figure blafarde appuyée contre le

chambranle était terriblement immobile, calme et figée, comme si toute sa vraie vie l'avait quittée, ne laissant plus qu'un masque de chair, une chair que chacun pouvait manier négligemment... La nuit profonde se faisait complice, et voici que sur le visage livide une ombre hideuse semblait se baisser.

— Sal! Sal!...

Cria-t-il, ou crut-il crier? était-ce sa voix, n'était-ce qu'un hurlement de son cœur ivre? Sal rouvrit les yeux, regarda autour d'elle, et dit d'une voix un peu épaisse, avec un rire:

— Tiens, Bill qui est malade!

Bill était en effet appuyé au mur, la tête entre ses coudes, et vomissait avec des hoquets et des gémissements profonds. Machinalement Tom se passa la main sur la figure et sur le dos de sa main il y eut une traînée rouge, qu'il regarda d'un air hébété, parce qu'il ne pouvait comprendre d'où venait le sang. Et Sal se redressa à moitié en s'appuyant d'une main au mur, oscilla deux ou trois fois, et recommença à chanter:

Au bord du ruisseau du moulin je rêve, Nellie Dean...

Alors l'ivresse longtemps suspendue descendit sur Tom comme un suaire et fit un mirage confus de tout ce qui l'entourait. Il ne voyait même plus Sal: seulement la tache blanche de sa figure, et il n'entendait qu'à peine les mots qu'elle chantait. Mais il entendait sa voix, qui était très douce et qui pourtant lui tordait le cœur. Il ne se rappelait même plus pourquoi.

Le monde entier semble triste et désert, Nellie Dean,
Car je vous aime et je n'aime que vous, Nellie Dean,
Et je me demande si vous m'aimez encore, et si vous
[regrettez
Les jours heureux qui sont passés, Nellie Dean...

Tom souhaita une ivresse encore plus profonde, qui effacerait tout et qui durerait longtemps, et il se laissa aller en arrière s'allongeant sur la marche du perron, d'où il roula sur le trottoir.

Sal avait refermé les yeux, mais chantait toujours :

Je me souviens du jour où nous nous sommes quittés,
[Nellie Dean...

Bill hoquetait le long du mur.

« CELUI QUI VOIT
LES DIEUX »

Father Flanagan dit avec un soupir : « Il ne viendra personne ce soir, Timmy ! » et il alla se poster derrière la devanture pour regarder dans la rue, par-dessus le carreau dépoli.

À deux cents mètres de là, les tramways électriques passaient sans relâche, s'arrêtant quelques secondes et repartant aussitôt vers Aldgate ou Poplar avec des appels de timbre. La large avenue droite où s'allongeait leur voie s'évasait, au coin de West India Dock Road, en un carrefour qu'entouraient plusieurs « homes » pour matelots de toutes races et de tous pays, un hôtel, et un « public house » qui étalait en lettres immenses son nom, auréole de splendeur et de mystère « The Star of the East ». Mais les tramways électriques, et à vrai dire tous autres symboles d'une civilisation effrénée, reprenaient leur sens exact et leur importance véritable lorsqu'on les contemplait du coin de Limehouse Causeway, du point précis que marquait la façade fraîchement peinte de cette boutique minuscule, presque une échoppe, mais une échoppe au front de laquelle l'inscription neuve saillait comme un acte de foi, une échoppe qui semblait se détourner avec indifférence des rues larges et claires où le progrès passait avec son tintamarre de parvenu, et s'ouvrir sur la ruelle étroite où des races plus sages s'étaient réfugiées.

L'inscription neuve se composait d'un seul mot : « Dispensaire », mais derrière la vitre de la devanture une pancarte plus ambitieuse disait : « Ici on parle plusieurs langues, et on comprend tous les hommes. »

Cette affirmation pouvait sembler une fanfaronnade, affichée comme elle l'était à la lisière du quartier asiatique, et pourtant elle n'exprimait que faiblement la bonne volonté sans borne de ses auteurs. Tous les soirs ils attendaient là, derrière les vitres dépolies, qu'on voulût bien venir leur demander ce qu'ils avaient à donner, et chaque soir ils se lamentaient qu'on leur demandât si peu. L'un d'eux se désolait de ne voir diminuer qu'à peine son arsenal de pansements et de remèdes, tout l'appareil composé avec amour, et dont l'ordre trop parfait disait l'inutilité ; et l'autre se désolait de ce que les trop rares patients fussent tous des infidèles endurcis dans leur erreur, qui venaient faire soigner leurs corps, méfiants et hostiles, cuirassant jalousement contre la voix du vrai Dieu leurs âmes qui cheminaient vers l'abîme.

Sur le trottoir d'en face quelques matelots chinois, réunis en groupe, fumaient indolemment, promenant leurs yeux étroits sur tout ce qui les entourait dans ce coin d'une ville barbare qui ne les étonnait plus. Ils avaient appris de longue date ce qui, dans cette civilisation étrangère, était bon à prendre, et, méprisants et moqueurs, ils regardaient autour d'eux les barbares blancs se saisir avidement de ce qu'ils jugeaient, eux les jaunes, bon à laisser.

Father Flanagan les contemplait à travers la vitre avec une sorte de convoitise mélancolique. Certains d'entre eux, ou d'autres tout semblables à ceux-là, passeraient probablement par son dispensaire un jour ou l'autre. Ils viendraient se faire panser ou chercher des remèdes, avec force marques de respect et de reconnaissance ; bien volontiers ils écouteraient ses conseils, recevraient et emporteraient avec eux quelques-unes de ses brochures pieuses qu'ils serreraient devant lui dans une poche intérieure de leur tunique, pour lui marquer leur déférence, et ils s'en iraient pour ne plus jamais revenir, avec des remerciements réitérés et un inscrutable sourire.

Les soins que leur dispensait son neveu, les philtres magiques qu'il leur distribuait dans de petites bouteilles, sans exiger aucun paiement, étaient parmi les choses bonnes à prendre ; mais les soins que lui, Father Flanagan, eût voulut prendre de leur âme, et les formules salutaires qu'il cherchait à leur enseigner, ce n'était, semblait-il, que bon à laisser. Et ils se laissaient exhorter, en vain, avec toute la patience indulgente, toute la sagesse dédaigneuse, poliment dissimulée, d'une race qui s'était fatiguée de croire avant que les autres races n'eussent inventé leurs « *Credo* ».

Father Flanagan répéta : « Il n'y aura personne

ce soir, Timmy ! » et soupira de nouveau. Son neveu se leva à son tour, s'assura d'un coup d'œil circulaire que tout serait prêt si quelqu'un venait par hasard, ouvrit une armoire dont il vérifia le contenu pour la dixième fois, et s'arrêta lui aussi derrière la vitre, les mains derrière le dos, pour contempler le spectacle de la rue d'un air découragé.

Quand les généreux philanthropes qui soutenaient de leurs deniers cette croisade combinée d'hygiène et de foi catholique leur demanderaient des comptes, comment pourrait-on leur faire comprendre que tant d'efforts eussent produit des résultats si pauvres ? Quelques matelots norvégiens, protestants naturellement, qui sortaient brusquement, traînant derrière eux des pansements inachevés, lorsqu'on insinuait avec des ménagements infinis que la plus ancienne des religions chrétiennes pouvait bien, après tout, être encore la meilleure ! Des Irlandais de Wapping, catholiques ceux-là, qui venaient avec force professions de foi se faire soigner pour des malaises imprécis, et finissaient par mendier de quoi aller boire à la santé du « vieux pays » ! Des Asiatiques qui proclamaient dès l'abord avec orgueil une conversion ancienne, et s'ébahissaient grandement d'apprendre qu'ils avaient abandonné le culte de leurs pères pour embrasser un autre culte qui n'était pas vrai ! Bilan misérable, qui eut découragé des fois moins robustes !

Pour la troisième fois, Father Flanagan répéta avec tristesse : « Il n'y aura personne ce soir, Timmy ! » et il colla son front à la vitre pour voir plus loin dans Limehouse Causeway, où d'innombrables infidèles se préparaient à dormir en paix, pleins d'une confiance lamentable en l'efficacité de leurs idoles. Chez chacun des dix-sept logeurs chinois, derrière les murs du restaurant de Wang-Ho et de la boutique de Chong-Chu, et dans Pennyfields, de l'autre côté de West India Dock Road, il n'était guère de maison qui ne servît de refuge à quelques fils de l'empire du Milieu. Dans la journée, lorsqu'ils étaient lassés de chercher un navire dans les docks voisins, ils flânaient sur les trottoirs, jouaient avec les bambins de la rue ou faisaient la cour à quelque beauté blanche ; mais voici que la nuit était venue, et l'un après l'autre ils mettaient une muraille entre eux et les barbares pour retrouver l'atmosphère de la terre sacrée, et sa grande paix.

Father Flanagan suivant de l'œil les formes indécises qui s'agitaient dans l'ombre de la rue. De temps à autre une porte s'ouvrait, laissait flotter sur le mur d'en face une faible clarté, et se refermait. Chaque fois qu'une de ces clartés trouait l'ombre, et dessinait un instant sur la chaussée ou les murs une silhouette qui s'effaçait aussitôt, il comprenait que c'était encore un païen qui lui échappait, pour ce soir-là tout au moins, et il soupirait tristement.

Le bruit de la porte qui s'ouvrait le fit se retourner d'un seul coup, et quand il vit que c'était une femme qui venait d'entrer, il s'avança avec son meilleur sourire de bienvenue, pendant que son neveu s'installait derrière sa table.

Ils la firent asseoir, et tandis que le prêtre s'efforçait de la mettre à son aise avec des paroles de bon accueil, le médecin avisait la main blessée et déroulait doucement les linges maculés qui l'entouraient. Quand il eut examiné le mal, il dit très doucement, comme s'il eût parlé à un enfant:

— Ce n'est qu'un abcès... un petit abcès... Il va falloir que je vous fasse un peu mal ! Mais ce ne sera pas long...

Pendant qu'il ouvrait l'abcès, Father Flanagan resta à son côté, lui passant les bandes de toile et les fioles, et tout en envoyant à la patiente des sourires d'encouragement, il cherchait à deviner qui elle était, et d'où elle venait. Ni Malaise, ni Hindoue, mais trop brune pour une Levantine... Ses cheveux noirs, huilés, fins, nullement crépus, étaient cachés sous un châle ; le même châle cachait ses épaules et son torse et descendait bas sur la jupe effrangée, et les pantoufles ornées de perles et de paillettes qu'elle avait aux pieds semblaient avoir laissé dans la boue de Londres tout l'éclat et le scintillement de leurs jeunes années. Pourtant elle n'avait pas l'aspect de bête de somme qu'ont certaines femmes d'Orient ; même sous ces vêtements sordides, elle conservait une certaine grâce libre de port et de mouvement, et toute l'oppression écrasante d'une ville triste et dure aux pauvres n'avait pu tuer l'expression de ses yeux chauds et de son sourire ingénu, ni la vanité naïve d'une femme consciente du prix de son corps.

Quand l'abcès eut été ouvert, soigné et pansé, Father Flanagan lui versa lui-même un verre de cordial, l'invita à s'approcher du feu, et causa avec elle en ami. Elle comprenait fort bien l'anglais mais ne le parlait guère, et une ou deux fois employa quelques mots qu'il lui demanda de répéter.

Timmy, qui rangeait ses instruments, dit soudain :

— Mais c'est du français !

Et elle hocha vigoureusement la tête.

Avec orgueil elle expliqua qu'elle avait été instruite par des missionnaires français, et leur meilleure élève. Son nom ? Taoufa. Catholique ? Mais oui ! Catholique romaine ; et elle avait appris la couture, et à lire, et à chanter dans les chœurs. Tout ce qu'une femme doit apprendre pour devenir l'égale des blanches, être convoitée des jeunes hommes, et gagner finalement le Paradis, le vrai Paradis, celui des Saints et des Anges, elle l'avait appris avec le plus grand soin, dans l'île où elle était née, quelque part entre les Samoa et les Marquises...

Les mains sur ses genoux, Father Flanagan se penchait vers elle d'un air enchanté. Il lui demanda d'une voix plus basse :

— J'espère que vous n'avez pas négligé les pratiques du culte, depuis que vous avez quitté votre pays, hein ?

Elle avoua avec simplicité qu'elle les avait un peu négligées, parce que, malgré elle, elle ne pouvait arriver à croire que le Dieu de là-bas fût bien le Dieu qu'il fallait ici... tout était tellement différent... Et puis elle ne savait où aller... elle ne connaissait personne qui pût continuer à lui apprendre...

Father Flanagan lui prit une main entre les siennes et lui expliqua très doucement, moitié en confesseur et moitié en ami, qu'elle avait eu grand tort, qu'elle avait compromis son salut et que, clairement, c'était la main de Dieu qui l'avait, ce soir-là, conduite vers lui... Dès le lendemain elle devrait revenir le voir, et tout serait promptement remis en ordre.

Elle l'avait écouté avec respect et même un peu de crainte ; pour la réconforter il la questionna sur cette île où elle était née. Était-ce une île plaisante et fertile, où il faisait bon vivre ?... Pour toute réponse, elle poussa d'abord un grand soupir extasié, avec un geste tendre de ses mains dans le vide, et quand elle essaya de décrire l'île bienheureuse, elle se trouva forcée de s'arrêter à tous les mots, hésitante, pour répéter ce geste qui voulait dire tant de choses !

En vérité cette île était belle et douce, la perle du Pacifique, une merveille que le Seigneur gardait jalousement dans un coin du monde, presque secrète, pour ses seuls élus ! Il y avait de grands bois pleins de parfums lourds, et des sentiers tracés dans ces bois comme des défilés, deux sources, une colline du sommet de laquelle on voyait de tous les côtés la mer bleue fouettée d'écume, la ceinture de corail et la lagune lisse comme une feuille où passaient les pirogues des pêcheurs. Il y avait encore de longues grèves, peuplées de crabes roses, balayées de souffles tièdes, qui descendaient en pente douce de l'ombre des manguiers vers l'eau transparente où zigzaguaient des poissons multicolores. Et les chœurs de femmes dans les bois ! Et les cortèges de fiançailles qui passaient en chantant aussi, agitant des palmes et des fleurs ! Et les bains dans la mer chaude, d'où l'on émergeait en riant pour se sécher au soleil et tresser des couronnes de fleurs pourpres qui semblaient retrouver une vie nouvelle dans les chevelures noires lavées et frottées d'huile !

Oui, le père avait lu des livres où l'on parlait de ces pays ; mais ces pays n'étaient pas l'île merveilleuse. Les pères de là-bas, quand ils avaient voulu lui décrire les délices du Paradis, avaient dit que ce serait une île immense, semblable à sa patrie, mais encore plus belle, où l'on ne connaîtrait pas les typhons ni la mort. Et l'angoisse des damnés qui songeaient au Paradis ne pouvait être plus terrible que la tristesse de ceux qui songeaient à leur île, dans le froid des rues boueuses, entre les hautes maisons grises, sous un ciel chargé de pluie !

Le feu fumait et brûlait mal ; entre les blocs de charbon des langues de flamme jaillissaient, et mouraient aussitôt ; chacune d'elles mettait une lueur plus vive sur la peau brune et fine, sur les yeux liquides, couleur de café, qui se posaient alternativement sur les bandages de la main blessée et sur la triste réalité d'alentour, avec la même expression d'apitoiement pathétique. À travers la porte vitrée on pouvait voir le groupe de matelots chinois, immobiles et presque silencieux, sous un réverbère, transis mais stoïques, sous leurs tuniques minces aux cols relevés. Les coups de timbre des tramways électriques se faisaient entendre de temps en temps, affaiblis par la distance, et c'était le silence de nouveau, rompu une autre fois par un rire grêle d'Asiatique ou un bruit de sandales traînées sur le trottoir. Taoufa contemplait les linges de sa main, et songeait à son île ; le châle troué était retombé en arrière, découvrant des cheveux qui luisaient à la lumière du gaz ; elle avançait vers le feu, pour chauffer les pieds, les pantoufles couvertes de paillettes ternies, et regardait, mélancolique, les petites flammes courtes naître et mourir comme des regrets brûlants.

Sur un coup d'œil de son oncle, Timmy se leva et s'en alla nonchalamment vers la porte pour tambouriner une marche sur le carreau en regardant dehors. Father Flanagan se pencha vers Taoufa, et lui demanda d'une voix très douce:

— Et... qu'est-ce que vous faites ici, mon enfant?

Elle le regarda d'un air étonné et secoua la tête. Il hésita un peu, et changeant sa question:

— Avec qui êtes-vous ici, mon enfant?

Elle expliqua sans aucun embarras qu'elle était avec deux hommes de sa race, qu'elle ne pouvait quitter parce qu'ils avaient besoin d'elle: l'un était malade, et l'autre très vieux. Mais quelque jour, un peu plus tard, ils s'en retourneraient ensemble. Si l'un d'eux mourait, ceux qui restaient s'en retourneraient quand même.

Qui étaient ces hommes? L'un était très vieux et plein de sagesse, son grand-père peut-être, bien qu'elle n'en fût pas très sûre. Elle prononça son nom de là-bas, qui était long et sonore comme un verset de cantique. Et l'autre? L'autre était son mari.

Father Flanagan demanda encore à voix basse:

— Est-ce un prêtre de là-bas qui vous a mariés?

Elle secoua la tête sans rien dire. Qu'il posât ces questions lui semblait évidemment tout naturel. Elle n'avait rien à se reprocher, son maintien et l'expression sereine de ses yeux indiquaient une conscience limpide ; mais elle semblait craindre que, tout comme le père de là-bas, il ne vît certaines choses sous un jour incompréhensible. Quand il insista pourtant, elle lui exposa en toute sincérité qu'elle avait été mariée comme il fallait, par un prêtre et avec toutes les cérémonies convenables, mais que son mari n'avait pas été bon pour elle, et qu'elle l'avait quitté. Elle l'avait quitté pour celui-ci, qui était bon pour elle, et qui l'aimait. Seulement il allait mourir.

Les mains du prêtre s'élevèrent en un geste qui témoignait de la noirceur du péché commis, avant même qu'il n'eût parlé. Tous les enseignements du père de là-bas, et le privilège d'avoir été admise à la vraie foi, et les promesses de félicités éternelles distribuées par les ministres du Seigneur, et leurs menaces de châtiments sans fin, n'avaient donc pu la protéger ! Plus heureuse que tant d'autres, elle avait été sauvée par des intercesseurs puissants, et plus coupable qu'elles, voici qu'elle était retombée dans la boue du péché ! Les liens que forgeaient les Pères blancs ne pouvaient être dissous : ils duraient aussi longtemps et plus longtemps que la vie, et les rompre, c'était se passer autour de son propre cou et du cou de son complice, la chaîne des damnés !

Taoufa répondit en secouant la tête que, s'il y avait péché, le péché ne durerait pas bien longtemps, car son mari d'à-présent allait mourir. S'il n'avait pas été près de mourir, ils s'en seraient retournés ensemble dans l'île, et ils auraient été heureux.

Father Flanagan se redressa et devint sévère. Il invoqua son autorité égale à celle des pères qui l'avaient instruite dans la religion chrétienne, et lui dit que la manière dont elle vivait était un état de péché grave et terrible ; que chaque regard de l'homme qui disait l'aimer n'était pas ce qu'il paraissait être, mais bien une offense et une souillure, et que chaque jour qu'elle tolérait cette souillure était un crime nouveau contre la bonté du Seigneur et la majesté de l'Église. Taoufa se contenta de regarder le feu et de secouer de nouveau la tête.

Elle drapait son châle plus étroitement autour de ses épaules, et ses yeux disaient une détresse enfantine. Une terre dure et sans pitié, comme sans soleil, où il fallait tout abandonner pour acheter des bonheurs problématiques qui ne viendraient, pour elle tout au moins, que beaucoup plus tard ! Elle tenait les coins de son châle dans sa main valide, et courbait les épaules sous les menaces divines, peureuse et pourtant hostile, comme si elle eût défendu contre tous quelque chose de précieux sur quoi elle se sentait un droit.

Quand le prêtre répéta d'un ton sévère : « C'est un péché terrible ! » elle releva les yeux et répondit d'une voix claire, comme si elle se disculpait enfin d'un seul mot :

— Il a dit qu'il ne fallait pas écouter les Pères blancs et que ce n'était pas un péché, parce que nous nous aimions si grandement !

Elle redit le nom qu'elle avait prononcé tout à l'heure, avec une sorte de dévotion chaleureuse, et regarda Father Flanagan d'un air de triomphe innocent.

Il demanda :

— Qui dit cela ?

Pour la troisième fois elle répéta le nom, ajoutant :

— Ce vieil homme... Il est très vieux, et il a vu beaucoup de choses...

Father Flanagan reprit les syllabes l'une après l'autre, et demanda :

— Qu'est-ce que ce nom-là veut dire ?

Cette fois elle hésita un peu, chercha des mots et finit par traduire lentement, avec plusieurs pauses :

— Celui... qui voit... les Dieux... Il a dit que ce n'était pas un péché, parce que nous nous aimions si grandement !

Timmy tambourinait sur la vitre et prétendait ne pas entendre ; dans la rue alternait des périodes de silence, le braillement lointain d'un matelot ivre et le frôlement veule de sandales sur le trottoir. Dans la petite salle du dispensaire, le gaz brûlait bravement, comme s'il avait aussi l'ambition de faire un peu de bien, d'attirer de loin par sa lumière les Orientaux transis et de leur donner une faible illusion de chaleur et de soleil. Et près du feu d'où jaillissaient toujours de petites flammes mort-nées, Father Flanagan engageait un combat singulier contre les puissances du mal pour la possession de l'âme encore païenne de Taoufa.

Elle s'enfermait tout entière dans son châle dont elle tenait les coins dans ses mains serrées, jalouse et peureuse comme pour se protéger contre toutes ces choses froides qui l'entouraient : le brouillard, le vent humide et triste, la boue glacée de la rue et ces lois impitoyables qu'on essayait de lui imposer. Tantôt elle pliait le dos et serrait les épaules, mettait sa main blessée bien en évidence, et levait vers le prêtre des yeux pleins de détresse enfantine et de supplication ; tantôt elle se contentait de regarder le feu et de secouer obstinément la tête ; ou bien elle prenait une mine assurée, presque de défi, et invoquait une autorité si haute qu'elle jetait une sorte d'ombre protectrice sur tout ce qu'elle pouvait faire, elle, Taoufa, et tenait en échec même les ordres solennels du Père blanc.

« Celui qui voit les Dieux » avait dit que ce n'était pas mal, parce qu'ils s'aimaient si grandement ! Quand elle avait répété cela, elle se croyait évidemment acquittée d'avance, et recevait les reproches d'un air de martyre. « Celui qui voit les Dieux » était si vieux qu'il n'était personne dans l'île qui pût se rappeler l'avoir vu jeune, et si plein de sagesse que personne n'eût osé le consulter sans lui obéir ensuite. Voilà longtemps, longtemps, qu'il avait cessé de travailler et de marcher comme les autres hommes, et quand il était encore dans l'île, restait tout le jour assis auprès des monuments de pierre élevés par les héros et les dieux d'autrefois, qu'il voyait, et dont il entendait les voix. Quand on lui demandait un conseil, il attendait pour répondre que les dieux fussent venus à son appel et l'eussent éclairé d'une sagesse surnaturelle ; et ceux qui consultaient restaient à distance troublés et frappés d'épouvante, pendant que les puissances invisibles se réunissaient autour de lui, et parlaient en signes miraculeux et redoutables. Et quand il faisait enfin connaître ses conseils, ils étaient si justes et si sages, que clairement, c'était la voix des immortels qui les avait dictés.

Même ici, au cœur des pays sans soleil sur lesquels devaient régner des dieux moroses, il restait tout le jour perdu dans une contemplation mystérieuse et rien ne pouvait troubler sa paix !

Quand les pères de là-bas avaient tenté de lui parler de leur Dieu, il leur avait répondu que ce Dieu-là n'avait jamais été de ceux qui venaient tenir conseil avec lui ; et même les élèves les plus dociles des pères, et les croyants les plus fidèles de la nouvelle religion, s'étaient accordés pour dire que le Dieu blanc devait être trop jeune pour un homme d'un âge aussi prodigieux, et qu'il valait mieux le laisser en paix au milieu des dieux de sa jeunesse, qui avaient depuis longtemps quitté la terre...

Father Flanagan écoutait, sans quitter des yeux la figure brune où dansaient des reflets de flamme, et il s'attristait de voir si clairement qu'elle était redevenue une petite sauvage idolâtre, et que peut-être, elle n'avait jamais été autre chose au fond. Les enseignements pieux, les efforts de missionnaires dévoués, les leçons ressassées inlassablement à un cercle de grands enfants au cœur simple, là-bas, en marge du monde, tout cela s'était évanoui aussi vite, et sans laisser plus de traces, que l'eau qui sous le soleil sortait en buée des chevelures mouillées, après le bain, sur les longues plages où s'affolaient les crabes roses. Les commandements de Dieu et de l'Église ne pesaient rien dans la balance, parce que dans l'autre plateau un vieillard idolâtre avait laissé tomber une sorte d'absolution sauvage.

Il dit soudain :

— Si « Celui qui voit les Dieux » est encore païen, il n'est que temps qu'il apprenne à connaître la vérité, et qu'il entende parler du vrai Dieu avant d'être appelé devant lui. Où habitez-vous, Taoufa ?

Taoufa lui jeta un regard rapide de bête traquée, et se cacha la figure dans son châle. Quand il répéta sa question, elle répondit d'une voix terrifiée :

— Nous habitons dans Pennyfields, ô père ! dans la maison à côté de la boutique de Yum-Tut-Wah ; mais il ne faut pas venir ! Les deux hommes qui sont là... il faut les laisser en paix, père ! Il y a mon mari d'à-présent, qui va mourir bientôt, parce que le froid est entré dans sa poitrine... et il dit que si je n'étais là avec lui, moi qu'il aime si grandement, le froid entrerait jusqu'à son cœur, et son sang s'arrêterait de couler... Et « Celui qui voit les Dieux », père, il est si vieux !... Si vous lui dites que ses dieux ne sont pas les vrais, sûrement il mourra aussi !

Son regard de supplication affolée défaillit devant les yeux du prêtre. Il répondit d'une voix égale :

— Il vaut mieux mourir d'avoir vu la vérité, Taoufa, que de vivre dans l'erreur. Les pères de là-bas ne vous ont-ils pas enseigné cela, ou bien avez-vous tout oublié ? Je vais aller voir « Celui qui voit les Dieux », ce soir même, pour lui montrer le vrai Dieu avant qu'il ne soit trop tard !

Taoufa était partie, et Father Flanagan décrochait sa houppelande pour la suivre. Il mit dans une de ses poches quelques brochures pieuses, une gravure coloriée qui représentait des nègres, des Polynésiens et des Asiatiques s'agenouillant aux pieds du Sauveur, et un crucifix; et, ce faisant, il disait, en s'adressant à son neveu qui était demeuré près de la porte, le front appuyé au carreau :

— Une petite sauvage Timmy! Voilà tout ce qu'elle est restée, une petite sauvage, qu'il faudrait reconvertir tous les jours! Et cet autre sauvage qui est avec elle, le jeune, sera bien mieux à l'hôpital, s'il est malade, bien mieux! N'est-ce pas?

Timmy répondit lentement :

Oui!... Je suppose que oui...

Et il resta rêveur.

— Pourtant, continuait le prêtre, ces gens des races brunes sont plus faciles à influencer que les jaunes. Des barbares, si l'on veut, mais des barbares au cœur tendre... On peut les toucher, ceux-là, en parlant à leurs sens d'abord, en leur montrant Celui qui est mort pour eux comme pour nous, et en leur racontant sa mort, pour leur faire comprendre combien il les aimait.

« Un père m'a raconté autrefois qu'il était arrivé dans une île du Pacifique où ils n'avaient encore jamais vu de missionnaire, et que dès le premier jour il les avait réunis autour de lui, et leur avait raconté, par la bouche d'un interprète et simplement comme un conte, la vie et la mort du Christ, et les tourments qu'il avait endurés pour l'amour de nous. Avant qu'il n'eût fini son récit, toutes les femmes pleuraient et se lamentaient, demandant si vraiment il était mort, et quand il leur montra le crucifix et leur dit que c'était son image, une d'elles le supplia avec des larmes de l'enlever enfin de sa croix si dure pour le laisser reposer sur des nattes.

« Et c'est pourquoi, Timmy, nous sommes désignés, bien mieux que les protestants, pour nous adresser à ces gens-là et toucher leur cœur. Les autres ne peuvent que leur expliquer péniblement une foi incolore et toute en paroles, tandis que nous leur mettons, nous, sans cesse sous les yeux l'effigie de Celui qu'ils doivent adorer, et quand ils voient sur son visage et aux plaies de son corps ce qu'il a souffert pour eux, ils en viennent toujours à l'aimer, en sauvages peut-être, mais à l'aimer. Et ces gens-là savent aimer ! »

Au moment de sortir il s'arrêta court, et dit :

— J'y songe, Timmy, cet homme qui est malade... Il vaudrait peut-être mieux que vous veniez !

Timmy hocha la tête sans rien répondre, prit son sac, et sortit avec lui.

En traversant West India Dock Road, Father Flanagan se répétait à haute voix :

— Dans Pennyfields, la maison à côté de la boutique de Yum-Tut-Wah... Une femme qui n'est qu'un enfant, un homme qui meurt, et un vieil idolâtre halluciné, venus tous les trois des mers du Sud, Dieu sait pourquoi et comment !... Londres est un drôle d'endroit, Timmy !... « *Celui qui voit les Dieux* »... Pauvres hérétiques ! Il n'est que temps ;

mais au moins il aura vu le vrai Dieu avant de mourir !

Quand ils frappèrent à la porte de la maison à côté de la boutique de Yum-Tut-Wah, il y eut un bruit de pas dans le couloir et dans l'escalier, puis un silence, et Taoufa vint leur ouvrir. Elle les regarda sans rien dire avec de grands yeux terrifiés, et monta l'escalier devant eux.

Sur le palier une porte restée entr'ouverte fut claquée bruyamment, envoyant dans l'air une bouffée de fumée bleue à l'odeur âcre et lourde, et Taoufa ouvrit une autre porte devant eux.

Ils entrèrent dans une très petite pièce nue, à l'air étouffant, où le feu qui brûlait devait avoir accumulé depuis des semaines des gaz empestés. Le mobilier semblait se composer de débris de nattes et de carrés de tapis usé jusqu'à la corde, et d'une petite malle de tôle qui servait de table. Sur un grabat tiré jusqu'au milieu de la pièce, tout près du foyer, un homme jeune, décharné, les guettait avec des yeux brillants. Sur un grabat tiré jusqu'au milieu de la pièce, tout près du foyer, un homme jeune, décharné, les guettait avec des yeux brillants. Sur un autre grabat, un très vieil homme, accroupi, leur tournait le dos.

Father Flanagan dit à haute voix :

— Dites-leur qui je suis, Tafoua, et pourquoi je viens.

Taoufa secoua la tête sans répondre, puis elle montra d'un geste le vieillard accroupi, et dit à voix basse :

— « Celui qui voit les Dieux ! »

Le prêtre reprit :

— Dites-lui que je viens lui montrer le vrai Dieu, Taoufa !

Il mit la main sur le crucifix dans la poche de sa houppelande et s'avança d'un pas. Mais Timmy le retint d'un geste, et secoua la tête. Alors il regarda à son tour en se penchant, et ne sut que dire.

Car « Celui qui voit les Dieux » était aveugle ; et que la vision qu'il portait en lui lui montrât les dieux de pierre de son île ou les dieux de feu qu'avait forgés son cœur, il n'aurait jamais d'autre vision, il ne verrait jamais le dieu d'ivoire.

LA BELLE
QUE VOILÀ...

Ils se regardaient par-dessus la petite table ronde du café avec des sourires de cordialité forcée, et malgré le tutoiement qu'ils avaient repris, sans réfléchir, dans la première surprise de leur rencontre, ils ne trouvaient vraiment rien à se dire.

Les mains sur ses genoux écartés, le ventre à l'aise, Thibault répétait distraitement :

— Ce vieux Raquet ! Voyez-vous ça ! Comme on se retrouve !

Raquet, recroquevillé sur sa chaise, les jambes croisées, le dos rond, répondait d'une voie fatiguée :

— Oui... Oui... Quinze ans qu'on ne s'était vu, hein ? Quinze ans ! Ça compte !

Et quand ils avaient dit cela, ils détournaient les yeux ensemble et regardaient les gens passer sur le trottoir.

Thibault songeait : « Voilà un bonhomme qui n'a pas l'air de manger à sa faim tous les jours ! »

Raquet contemplait à la dérobée la mine prospère de son ancien camarade, et d'involontaires grimaces d'amertume plissaient sa figure maigre.

Le sol du boulevard était encore luisant de pluie ; mais les nuages se dispersaient peu à peu, découvrant le ciel pâle du soir. Au delà de l'ombre qui s'épaississait entre les maisons, l'on pouvait presque suivre du regard la course de la lumière qui s'enfonçait dans ce ciel, fuyant, fuyant éperdument la surface triste de la terre.

Séparés par la petite table de marbre, les deux hommes continuaient à échanger des exclamations distraites :

— Ce vieux Raquet !

— Ce vieux Thibault !

Et ils détournaient les yeux.

Maintenant la nuit était venue, et dans la lumière chaude du café ils causaient sans gêne, presque avec animation. Ils repêchaient dans leur mémoire, l'un après l'autre, tous les gens qu'ils avaient connus autrefois, et chaque souvenir commun les rapprochait un peu, comme s'ils rajeunissaient ensemble.

« Un tel ? Établi quelque part... commerçant... fonctionnaire... Cet autre ? A fait un beau mariage ; grosse fortune ; vit avec la famille de sa femme, en Touraine... La petite Chose ? Mariée aussi ; on ne savait pas trop à qui... Son frère ? Disparu. Personne n'en avait entendu parler... »

— Et la petite Marchevel..., dit Thibault. Tu te souviens de la petite Marchevel... Liette... que nous retrouvions aux vacances. Elle est morte ; tu as su ?

— J'ai su, fit Raquet.

Et ils se turent.

Le heurt des soucoupes sur le marbre des tables, les voix, les bruits de pas, le fracas confus du boulevard : ils n'entendaient plus rien de tout cela ; et ils ne se voyaient plus l'un l'autre. Un souvenir avait tout balayé ; un de ces souvenirs si réels, si poignants, que l'on s'étire en en sortant comme si l'on sortait d'un rêve. Le souvenir d'un grand jardin, d'une pelouse ceinturée d'arbres, baignée de soleil, où jouaient des enfants... Sur cette pelouse, ils étaient quelquefois beaucoup d'enfants, toute une foule d'enfants, garçons et filles, et d'autres fois, ils n'étaient que deux ou trois. Mais toujours Liette, la petite Liette était là. Les jours où Liette n'était pas là n'avaient jamais valu qu'on se souvînt d'eux...

Thibault épousseta son genou d'un geste machinal :

— C'était une belle propriété, dit-il, qu'ils avaient là, les Marcheval. Ils arrivaient toujours de Paris le 13 juillet, et ils ne repartaient qu'en octobre. Tu les voyais à Paris, toi, c'est vrai ! Mais nous, les campagnards, nous ne les avions guère que trois mois par an.

« Tout est vendu maintenant, et c'est tellement changé que tu ne t'y reconnaîtrais plus. Quand Liette est morte, n'est-ce pas, ça a tout bouleversé. Tu ne l'avais peut-être pas vue après son mariage, toi, puisqu'elle était allée habiter dans le Midi. Elle avait changé très vite, toute jolie fille qu'elle était, et la dernière fois qu'elle est venue là-bas...

— Non ! fit Raquet avec un geste brusque. Je... J'aime mieux pas savoir.

Sous le regard étonné de son ancien camarade, sa figure hâve s'empourpra un peu.

— C'est toujours la même chose, dit-il. Les femmes qu'on a connues autrefois, petites filles ou jeunes filles, et qu'on retrouve plus tard, mariées, avec des enfants peut-être, elles sont toutes changées, naturellement. Une autre, cela me serait égal, mais Liette... je ne l'ai jamais revue, et j'aime mieux ne pas savoir.

Thibault continuait à le regarder, et voici que sur sa figure épaisse l'air d'étonnement disparut peu à peu, faisant place à une autre expression presque pathétique.

— Oui ! fit-il à demi-voix. C'est vrai qu'elle n'était pas comme les autres, Liette ! Il y avait quelque chose...

Les deux hommes restaient silencieux, retournés à leur souvenir.

Ce jardin !... La maison de pierre grise ; les grands arbres du fond, et entre les deux la pelouse à l'herbe longue, jamais tondue, où l'on pourchassait les sauterelles ! Et le soleil ! En ce temps-là il y avait toujours du soleil. Des enfants arrivaient par l'allée qui longeait la maison, ou bien descendaient le perron marche par marche, avec prudence, mais en se dépêchant, et couraient vers la pelouse de toutes leurs forces. Une fois là, il n'y avait plus rien de défendu. L'on était dans un royaume de féerie, gardé, protégé de toutes parts par les murs, les arbres, toutes sortes de puissances bienveillantes qu'on sentait autour de soi, et c'étaient des cris et des courses, une sarabande ivre en l'honneur de la liberté et du soleil. Puis Liette s'arrêtait et disait, sérieuse :

— Maintenant, on va jouer !

Liette... Elle portait un grand chapeau de paille qui lui jetait une ombre sur les yeux, et quand on lui parlait, pour dire de ces paroles d'enfant qui sont d'une si extraordinaire importance, on venait tout près d'elle et on se baissait un peu en tendant le cou, pour bien voir sa figure au fond de cette ombre. Quand elle se faisait sérieuse tout à coup, l'on s'arrêtait court et l'on venait lui prendre la main, pour être sûr qu'elle n'était pas fâchée, et quand elle riait, elle avait l'air un peu mystérieux et doux d'une fée qui prépare d'heureuses surprises.

L'on jouait à toutes sortes de jeux splendides, où il y avait des princesses et des reines, et cette princesse ou cette reine, c'était Liette, naturellement. Elle avait fini par accepter le titre toujours offert sans plus se défendre, mais elle s'entourait d'un nombre prodigieux de dames d'honneur, qu'elle comblait de faveurs inouïes, de peur qu'elles ne fussent jamais jalouses. D'autres fois, elle forçait doucement les garçons à jouer à des jeux « de filles », des jeux à rondes et à chansons, qu'ils méprisaient. Ils tournaient en se tenant par la main, prenant d'abord des airs maussades et moqueurs. Mais, à force de regarder Liette qui se tenait debout au milieu de la ronde, sa petite figure toute blanche dans l'ombre du grand chapeau de paille, ses yeux qui brillaient doucement, ses jeunes lèvres qui formaient les vieilles paroles de la chanson comme autant de moues tendres, ils cessaient peu à peu de se moquer, et chantaient aussi sans la quitter des yeux :

> Nous n'irons plus au bois
> Les lauriers sont coupés,
> La belle que voilà...

Ils s'étaient séparés et ils avaient vieilli, beaucoup d'entre eux sans jamais se revoir. Mais ceux qui se rencontraient bien des années plus tard, n'avaient qu'à prononcer un nom pour se rappeler ensemble les années mortes et leur poignant parfum de jeunesse, pour revoir la petite fille aux yeux tendres qui tenait sa cour entre la maison et les grands arbres sombres, sur la pelouse marbrée de soleil.

Thibault soupira et dit à demi-voix comme se parlant à lui-même :

— Le cœur humain est tout de même une drôle de machine ! Me voilà, moi, marié, père de famille et le reste ! Eh bien ! Quand je pense à cette petite-là et au temps où nous étions jeunes ensemble, ça ramène d'un coup toutes les choses bêtes auxquelles on songe à seize ans : les grands sentiments, les grands mots, ces histoires comme on en voit dans les livres. Ça ne veut rien dire tout ça ; mais, rien que de penser à elle, c'est comme si on la voyait, et voilà que ces machines-là vous reviennent dans la tête, tout comme si c'étaient des choses qui comptent !

Il se tut un instant, et regarda son camarade curieusement.

— Et toi! dit-il, qui devais la voir plus que moi, je parierais ben que tu as été un peu amoureux d'elle dans les temps?

Raquet se tenait courbé vers la table, les coudes sur les genoux, et regardait le fond de son verre. Après quelques instants de silence, il répondit doucement:

— Je ne suis ni marié, ni père de famille, et toutes ces choses qui vous hantent à seize ans, et que les hommes de bon sens oublient ensuite, je ne les ai jamais oubliées.

« Oui, j'ai été amoureux de Liette, comme tu dis. Cela m'est égal qu'on le sache, maintenant. Ce qu'on ne saura jamais, c'est tout ce que cela voulait dire pour moi, et veut encore dire. Je l'ai aimée quand elle n'était qu'une petite fille et nos parents devaient le deviner et en rire. Je l'ai aimée quand elle est devenue une jeune fille et que j'étais un jeune homme; mais personne n'en a rien su. Et comment je l'ai aimée encore après cela, à travers toutes ces années, jusqu'à sa mort et après sa mort; si j'essayais de le dire, les gens n'y comprendraient rien.

« Un amour d'enfant, ce n'est qu'une plaisanterie, et un amour romanesque de jeune homme ne compte guère plus. Un homme comme les autres passe par là, souffre un peu et vieillit un peu, puis finit par en sourire et entre pour de bon dans la vie. Mais il se trouve des hommes qui ne sont pas tout à fait comme les autres, et qui ne vont pas plus loin.

Pour ceux-là, les petites amourettes d'enfance et de jeunesse ne deviennent jamais de ces choses dont on rit ; ce sont des images qui restent incrustées dans leurs vies comme des saints dans leurs niches, comme des statues de saints, peintes de couleurs tendres, vers lesquelles on se retourne plus tard, après avoir longé sans rien trouver tout le reste du grand mur triste.

« J'avais toujours aimé Liette de loin, en timide et en sauvage. Quand elle s'est mariée et qu'elle est partie, en somme il n'y a rien eu de changé pour moi. Ma vie ne faisait que commencer, une vie dure ; il me fallait lutter et me débattre, et je n'avais guère de temps pour les souvenirs. Puis j'étais encore très jeune et j'attendais de l'avenir toutes sortes de choses merveilleuses... Des années ont passé... J'ai appris sa mort... Encore des années, et voilà que j'ai compris un jour que les choses que j'attendais autrefois ne viendraient jamais ; que tout ce que je pouvais espérer, c'était une suite d'autres années toutes pareilles, tristes et dures ; une longue bataille terne, sans gloire, sans joie, sans rien de noble ni de doux, tout juste du pain, et que j'avais laissé dans la bagarre tout ce qu'il y avait de jeune en moi, presque tout ce qu'il y avait de vivant.

« J'ai senti que je n'aimerais plus jamais. Il ne me restait qu'un pauvre cœur à la mesure de ma vie, qui se fermait encore un peu plus chaque jour. Les grands sentiments, les grands mots, comme tu dis, toutes ces choses que tant d'hommes laissent mourir sans un regret, j'ai senti qu'elles m'échappaient aussi et c'est cela qui a été le plus terrible. Je me souvenais de ce que j'avais été, de ce que j'avais désiré, de ce que j'avais cru, et de songer que tout cela était fini et que bientôt je ne pourrais peut-être même plus m'en souvenir, c'était comme une première mort hideuse, longtemps avant la seconde mort. J'ai senti que je n'aimerais plus jamais...

« C'est alors que le souvenir de Liette m'est revenu ; de Liette toute petite avec son chapeau de paille qui lui mettait de l'ombre sur les yeux ; avec ses manières de souveraine tendre, jouant avec nous sur cette pelouse ; de Liette grandie, femme, pleine de grâce douce, et conservant ce je-ne-sais-quoi qui montrait qu'elle avait toujours son cœur d'enfant. Et je me suis dit que j'avais aimé au moins une fois, et longtemps, et que tant que je pourrais me rappeler cela, il me restait quelque chose.

« Elle m'appartenait autant qu'à n'importe quel autre, puisqu'elle était morte ! Et je suis revenu sur mes pas, j'ai retracé le chemin de l'autrefois et ramassé tous les souvenirs qui fuyaient déjà, tous mes souvenirs d'elle — mille petites choses qui feraient rire les gens, si j'en parlais — et je les passe en revue tous les soirs, quand je suis seul, de peur de rien oublier. Je me souviens presque de chaque geste et de chaque mot d'elle, du contact de sa main, de ses cheveux qu'un coup de vent m'avait rabattus sur la figure, de cette fois où nous nous sommes regardés longtemps, de cet autre jour où nous étions seuls et où nous nous sommes raconté des histoires ; de sa présence tout contre moi, et du son mystérieux de sa petite voix.

« Je rentre chez moi le soir ; je m'assieds à ma table, la tête entre les mains ; je répète son nom cinq ou six fois, et elle vient... Quelquefois, c'est la jeune fille que je vois, sa figure, ses yeux, cette façon qu'elle avait de dire : « Bonjour » d'une voix très basse, lentement, avec un sourire, en tendant la main... D'autres fois c'est la petite fille, celle qui jouait avec nous dans ce jardin ; celle qui faisait que l'on pressentait la vie une chose ensoleillée, magnifique, le monde une féérie glorieuse et douce, parce qu'elle était de ce monde-là, et qu'on lui donnait la main dans les rondes...

« Mais, petite fille ou jeune fille, dès qu'elle est là, tout est changé. Je retrouve devant son souvenir les frémissements d'autrefois, la brûlure auguste qu'on porte dans sa poitrine, cette grande faim de l'âme qui fait vivre ardemment, et toutes les petites faiblesses ridicules et touchantes qui deviennent précieuses aussi. Les années s'effacent, les écailles tombent, c'est ma jeunesse palpitante qui revient, tout la vie chaude du cœur qui recommence.

« Parfois, elle tarde à venir, et une grande peur me prend. Je me dis : C'est fini ! Je suis trop vieux ; ma vie a été trop laide et trop dure, et il ne me reste plus rien. Je puis me souvenir encore d'elle, mais je ne la verrai plus...

« Alors je me prends la tête dans les mains, je ferme les yeux, et je me chante à moi-même les paroles de la vieille ronde :

> Nous n'irons plus au bois
> Les lauriers sont coupés
> La belle que voilà...

« Comme ils riraient les autres, s'ils m'entendaient ! Mais la Belle que voilà m'entend, et ne rit pas. Elle m'entend, et sort du passé magique, avec ma jeunesse dans ses petites mains. »

FIN

Imprimé au Canada